ACONTECEU EM 42

NELLA BIELSKI

Aconteceu em 42

Tradução
Rosa Freire d'Aguiar

COMPANHIA DAS LETRAS

Copyright © 2004 by Nella Bielski

Título original
C'etait l'an 42

Capa
Rita da Costa Aguiar

Foto de capa
© André Kertész © Ministério da Cultura (França)

Preparação
Denise Pessoa

Revisão
Otacílio Nunes
Ana Maria Barbosa

Dados Internacionais de Catalogação na Publicação (CIP)
(Câmara Brasileira do Livro, SP, Brasil)

Bielski, Nella
    Aconteceu em 42 / Nella Bielski ; tradução Rosa
Freire d'Aguiar. — São Paulo : Companhia das Letras,
2007.

    Título original : C'etait l'an 42.
    ISBN 978-85-359-0992-0

    1. Ficção francesa I. Título.

07-0967   CDD-843

Índice para catálogo sistemático:
1. Ficção : Literatura francesa   843

[2007]
Todos os direitos desta edição reservados à
EDITORA SCHWARCZ LTDA.
Rua Bandeira Paulista, 702, cj. 32
04532-002 — São Paulo — SP
Telefone: (11) 3707-3500
Fax: (11) 3707-3501
www.companhiadasletras.com.br

*À luminosa memória
de Victor Platonovitch Nekrassov,
que meu filho, em criança, chamava
de O Brigão de Stalingrado.*

O SENA

A guerra prosseguia. Rommel se impacientava sob os muros de Tobruk. Os japoneses haviam tomado Cingapura. A Luftwaffe bombardeava Malta, e a Royal Air Force, Lübeck. Em apuros diante de Moscou, a Wehrmacht se orientava para o Kuban e o Cáucaso. No quarto do Hotel Berkeley, na avenida Matignon, o capitão Karl Bazinger tomava banho.

Tinha acordado muito cedo; uma preocupação: seu filho Werner ia ser convocado. É verdade que pela guarnição, em Berlim mesmo, inicialmente para a escola da aeronáutica. Com a perna dobrada, Bazinger ensaboava o calcanhar. Pele fina. Pilosidade modesta, a não ser na cabeça: os cabelos cresciam muito, aos quarenta e oito anos passados. "Um verdadeiro gramado, bem aparado", frase de Madeleine. Karl Bazinger sorri. As mulheres bem jovenzinhas não lhe diziam muito, mas Madeleine, com aquela cabeleira preta caindo nos ombros, como um rio, o corpo encolhido no sofá, as pernas intermináveis dobradas sob o queixo, divagando depois do amor sobre Nietzsche, sim, Madeleine o comovia. Dos gramados ele não gostava. Em sua casa, na Saxônia, deixava os carneiros comerem a grama bem debaixo das janelas, de manhã cedinho. Observava seus rostos. Para ele, os carneiros tinham rostos. Curiosamente, rostos de uma infância, embora ele tivesse passado a sua sem ovinos à vista.

Karl Bazinger tinha outro filho, Peter, de sete anos. Loremarie, sua mulher, sempre a mesma: tomava conta da casa. Os primeiros contra-ataques dos russos não deixavam pensar tão cedo numa licença para ir para casa. Pouco importa, já que sua vida em Paris era muito divertida. De Malesherbes a Passy, passando pelo bairro Saint-Germain, ele era recebido de braços abertos.

Toda quinta-feira, jantar na casa dos Nallet, num salão de lambris dourados que dava para um jardim onde os pássaros cantavam aos brados; serviam massa com trufas, salada de dentes-de-leão colhidos no Bois de Boulogne, vinho Haut-Brion. Raramente mais de quatro convivas. Numa noite, Bazinger estava sentado diante de Drieu la Rochelle; noutra se surpreendia ao rever Eloi Bey, velha conhecida do Cairo; a terceira convidada podia ser Coco Chanel, coberta de correntes e esmeraldas, ou Serge Lifar.

Até agora, uma única advertência a respeito de seu convívio com a fina flor parisiense: uma observação, de relance, feita pelo general Von Stülpnagel — ao se cruzarem num corredor do Majestic, onde ficava o quartel-general dos nazistas: "Terei muita dificuldade de mantê-lo em Paris, meu caro Karl. Fale todas as línguas que quiser, você conhece tantas, mas dê um jeito para que seu nome não me apareça em nenhuma conversa no serviço de segurança!...".

De que língua poderia se tratar? Ah, sim! De fato! Na casa dos Nallet, mas quando, mesmo?... Estava lá aquele antiquário do bairro Saint-Honoré, com seu eterno xale de vicunha nos ombros; conversavam sobre as cartas de Rimbaud, as cartas da

Abissínia. Também estava lá seu amigo Féval, o fotógrafo da place des Vosges, em cuja casa Bazinger gostava de entrar sem avisar toda vez que passava por ali. Depois, a conversa se encaminhara para Yeats. Féval dormia. Madeleine, com seu tornozelo macio, acariciava por baixo da mesa a perna de Karl, e ele começava a falar em inglês. Volta e meia se conversa em inglês na casa dos Nallet, é a língua materna deles. Esquecia-se dos criados, que ficam plantados ali, observando, como fantasmas. Ele, oficial da Wehrmacht, falava inglês na alta sociedade. Era sabido. Mas os SS se metiam em toda parte, mesmo a mil quilômetros da Prinz Albrechtstrasse. Bazinger sentiu um arrepio: a água do banho esfriara.

Deixou correr a água quente, e percorreu os últimos meses de sua vida. Voltou a se ver uns quinze dias antes, convocado pelo coronel Oswer, do gabinete de Schelenberg. Nada de muito desagradável. Nos anos 20, Peter Oswer e ele tinham sido colegas em Göttingen, onde estudaram direito.

"Suas mundanidades, Bazinger", dizia o coronel recém-promovido, "já são uma lenda, e seu sucesso com as mulheres... Excelente, está de parabéns! Mas e se falássemos de como frutificar os seus talentos na sociedade?... Afinal, você não imagina a Gestapo andando atrás de nós? Ela já está se superpondo às nossas prerrogativas, como você deve desconfiar... Pois bem, Bazinger, seria o caso, muito simplesmente, de fazer uma escolha entre as suas amizades. E abrir os ouvidos, está me entendendo? Essa senhora russa, a doutora Trubetskoi, uma princesa — sim, eu sei, todos esses russos brancos se dizem príncipes —, há coisas bem interessantes que são tramadas na sua clínica, em Bourg-la-Reine... Aliás, você já esteve lá? Ou só se encontram nos cemitérios?... E aquela deliciosa criatura, Eloi Bey, em cuja casa você toma chá, na praça do Palais Bourbon, não venha me dizer que ignora que ela está comprometida até a alma com o serviço de inteligência britânico... Ah, até agora esses franceses não nos criaram muito caso, é verdade, mas a guerra está atolando, Bazinger. Em país inimigo, temos de nos preparar para qualquer coisa."

Bazinger saiu da banheira, secou-se depressa com uma toalha grande e vestiu o uniforme. A porta do guarda-roupa era de espelhos. Serviu-se de um copo de água Evian e contemplou sua magreza esguia, que decididamente não se modificava, apesar de todos aqueles jantares e dos desfiles de vinhos *grands crus*. Abrir os ouvidos? Ora bolas! Sabia como agir, ali, perto delas. Sabia acariciá-las. Ausentava-se dentro de si mesmo. O mundo, a guerra estavam tão longe!...

Aquele 11 de abril de 1942 era para ele dia de folga. As cortinas puxadas deixavam passar uma nesga de luz da manhã. Já se ouviam os pneus freando, o ronco das motos, e vozes guturais, cortadas por sonoros *"Heil Hitler!"*.

O espelho refletia o uniforme novo, a Cruz de Ferro que ele ganhara vinte e seis anos antes, perto de Abbeville, e os olhos castanhos, com um pontinho amarelo na íris, que não expressavam nenhum prazer em contemplar aquele personagem. E se você tomasse jeito, meu querido Karl?

Aquela tirada ridícula sobre Yeats na casa dos Nallet, será que você ainda pensa que é um bolsista do Balliol College? Você, que queria dedicar a vida ao futuro da nação! Ainda que desde o início tenha se sentido refratário àquele fatídico chanceler, você não continua a ser o filho leal da sua Alemanha?

Bazinger fez um muchocho: esquecera-se de fazer a barba. De repente, achou melhor não se barbear e sair à paisana. Seu dia de folga não passaria em brancas nuvens! Pensou um instante em Madeleine. O número de telefone — Princesse 23-24 — tilintou em sua mente como sete notas. Já eram nove e meia, ela devia estar a caminho da Sorbonne. Toda quarta-feira de manhã havia o curso de Bachelard. Os mistérios dos elementos — ar, fogo, terra — eram narrados por esse filósofo à juventude como se fossem contos de fadas, e Madeleine os adorava. Sessão nostalgia para Karl Bazinger: lembrou-se dos tempos em que, lendo *Crítica da razão pura* ou *Lógica*, se sentia como um sacerdote egípcio no caminho da iniciação.

Madeleine morava no grande apartamento da mãe, na rua des Belles-Feuilles. A mãe e a irmã mais moça haviam se retirado para a propriedade da família, no Gers. O pai, que tinha negócios no setor têxtil, era um ser volátil com quem Madeleine dizia se parecer, e embarcara em janeiro de 1940 para a Califórnia. Considerou conveniente não voltar de lá. Madeleine tinha uma tia, Simone, irmã de seu pai, que vivia exclusivamente para a sobrinha. Acompanhava-a até Paris: não se deixa uma moça de boa família entregue aos acasos de uma capital, em plena ocupação.

Madeleine era cuidadosa com sua aparência. Trança batendo nas costas, meias soquetes e sapatos de colegial, ela subia na bicicleta para ir à Sorbonne, na Rive Gauche. Tinha algo de Greta Garbo: alta, pés grandes, magra, rosto pálido, as arcadas das sobrancelhas bem marcadas, e olhos escuros, incandescentes. Principal trunfo na lista de Karl Bazinger, ela o inquietava um pouco por sua temeridade, era preciso freá-la, evitar muito alarde em torno da "amizade" deles, como Madeleine gostava de dizer.

Princesse 23-24 era o número de telefone de um sótão, na rua du Dragon, que uma prima, ausente de Paris, lhe emprestava. Um pequeno pátio com calçamento de pedras, um banheiro no corredor. Não havia zeladora, os primeiros andares abrigavam os escritórios de um arquiteto. Para Bazinger, essa água-furtada era o supra-sumo da imagem de Paris. O soalho encerado, uma mesa de fazenda, uma pequena lareira de pedra que tinha uma boa tiragem, as paredes cobertas de livros, um sofá, e no alto uma fileira de aquarelas representando uma paisagem: telhados vistos de cima. Perfeitamente legível nas primeiras telas, essa paisagem ia se simplificando nas outras, até se tornar apenas um emaranhado de linhas.

"É o irmão de Edith que faz isso. Eu gosto", dizia Madeleine. "Um olhar sobre o futuro."

Falava de um jeito meio áspero, pequenas frases insignificantes que saíam em espasmos. E expressões como bom dia, até logo, obrigado não constavam de seu vocabulário.

"Você é meu fantasma favorito, Karl", ela dizia ao recebê-lo na água-furtada, vestindo calça de homem e pulôver. "E para completar, você é meu homem fatal."

"Fatal? Como assim? Sempre pensei que só as mulheres podiam ser fatais", defendia-se Bazinger com um daqueles sorrisos que ele sabia que desarmavam.

"Um dia, certamente muito breve, você vai desaparecer da minha vida, e nunca mais serei a mesma."

"Você sempre esquece que sou um inimigo", disse-lhe Karl, encostando os lábios nos seus.

E Madeleine, num sopro:

"Conheço outros que são bem mais que você!"

Tinha a graça de um delinqüente, de um menino de rua. Uma rajada de vento fresco na vida de Karl Bazinger, que evitava reconhecer que não se sentia à vontade dentro do uniforme. Ora essa sensação era aguda, ora Karl a mantinha a distância para que ninguém notasse. Era necessário.

Fora na noite do réveillon do ano anterior que Karl conhecera Madeleine, na casa dos Nallet, no bulevar Malesherbes. Ela aparecera por volta da meia-noite, acompanhada da mãe, uma mulher jovem que vestia algo preto. Os convidados iam e vinham entre os três salões e uma varanda bem aquecida. A mãe de Madeleine foi jogar bridge na biblioteca. Madeleine dançou um pouco, sem entusiasmo. Depois Karl a viu em pé, perto da lareira apagada. Alguns casais dançavam na penumbra.

Ela usava um vestido bege bem justo, ombros nus, cabelos presos num coque enfeitado com uma camélia. As velas na borda da lareira a iluminavam suavemente. O rosto parecia cansado, o que realçava sua inacreditável juventude. Uma juventude que se via nos lábios carnudos, no olhar experiente, mas que traía um encantamento secreto. Karl se aproximou:

"Não quer beber nada?"

"Rigorosamente nada! Mas me diga, você é o famoso Karl Bazinger que passa praticamente todo o tempo na China, na Índia e nas areias da África?", ela perguntou sem olhar para ele. "Morro de vontade de conhecê-lo."

"Fico muito sensibilizado!", disse Karl, pegando a mão dela, "mas acho que provavelmente você está pensando em outra pessoa."

"Você estava olhando para mim, não negue, eu vi."

Madeleine olhou bem nos olhos de Karl:

"Tem com que escrever?"

Ele tinha. Ela rabiscou num pedaço de papel: Princesse 23-24.

"Você me acha nesse número de preferência à noite."

Fazia meses que ele a encontrava ligando para aquele número, e toda vez era uma surpresa. Ela era virgem. Chorou sem ruído, apenas grossas lágrimas correram.

As lágrimas não eram seu gênero. Ultimamente eles andavam interessados no *Kama Sutra*, que ela descobrira sabe lá onde, uma edição de 1900, e que anotara nas margens, com sua letra que lembrava vôos de andorinha. Os encontros aconteciam sob o signo dessa arte de amar. Karl Bazinger se prestava a esses jogos com absoluta docilidade. Ora como seu filhinho, ora como o grande macho em pleno triunfo de seu totem, o sexo bem duro, ora como seu duplo feminino. Na falta de um verdadeiro queimador de incenso, um queimador de perfume comprado na casa Guerlain enchia o sótão com seus eflúvios. Os lençóis ficavam encharcados. Exaustos, os dois dormiam durante o dia, com as janelas fechadas. Nunca o sono de Karl Bazinger fora tão restaurador. Ele acordava, Madeleine ainda dormia, toda encolhida, parecendo uma bolinha, o cabelo despenteado. Olhava para ela, o coração apertava: saltava aos olhos a solidão da mulher. E a dele próprio. Levantava-se, ia atiçar o fogo, dava mais uma olhada nos telhados das aquarelas pintadas pelo irmão de Edith, se vestia e saía fechando devagarinho a porta.

O nome de Madeleine não tinha sido mencionado pelo coronel Oswer, mas era evidente que a Gestapo andava de olho nela, e que ela ia ser descoberta, se é que já não tinha sido. Não era alarmante! Uma moça de família, romântica, exaltada se apaixona por um oficial do exército dos vencedores, são coisas que acontecem. Mas a idéia de que o nome de Madeleine ficasse registrado nos dossiês dava náuseas em Karl Bazinger. Bebeu um copo de Evian. Pensou em outra coisa, que acentuou seu mal-estar. Lembrou-se de ter pronunciado, durante aquele jantar na casa dos Nallet, as palavras "loucura assassina". Naquela noite havia bebido muito. Sua tirada sobre Yeats fora apenas o aquecimento preparatório. E quando a conversa descambou para a guerra na Rússia, ele perdeu o controle, qualificou a guerra de "loucura assassina". Chamava a Rússia de "esse gênio da arte de sofrer", e profetizava: "Em sua aura, em sua magia, travaremos conhecimento com a dor, o que ultrapassará qualquer imaginação...". As palavras lhe vinham em alemão, portanto devia tê-las pronunciado nessa língua.

O que é certo, pensava Karl Bazinger enquanto escolhia um terno, é que não foram minhas digressões sobre Yeats diante de uma dúzia de convivas e três empregados que intrigaram os ouvidos dos policiais, mas sim aquela expressão — "loucura assassina" — a respeito da campanha da Rússia.

Em Berlim, coisas muito mais picantes são correntes nos salões, sem falar das conversas entre companheiros de armas de sua geração. Não é difícil adivinhar o que pensava a Gestapo: que esses aristocratas conversem sobre o que bem entenderem, na nossa terra, entre eles, mas em Paris, em território ocupado, que um oficial da Wehrmacht comece a profetizar a falência de uma cartada vital para a sua pátria, é o cúmulo!...

Calma! A euforia continua, Karl! Você custa a acreditar. Você custa a acreditar no passeio que dá pela França, naquela primavera de 1940. Você se inebria nos prados, nas florestas, enquanto vai deslizando pelo asfalto, como tenente dos blindados, dentro do veículo militar, com a torrinha aberta, e percorre em uma hora o terreno outrora conquistado em seis meses. Para você, que tinha passado pelo verdadeiro matadouro que foi Verdun, pela lama de suas trincheiras fedorentas e por aqueles cérebros despedaçados, esse passeio pelo asfalto parece um milagre, hein? E faz dois anos que o milagre dura, temporada privilegiada, a expensas do Führer.

Loucura assassina... loucura assassina, as palavras obcecavam Karl Bazinger, enquanto ele dava o nó numa gravata Charvet. Essas palavras tinham o tom de outra voz. Reconheceu-a: Marie Trubetskoi.

Via-se de novo, andando ao lado dela, em volta do moinho do cemitério de Montparnasse, no outono passado, final de novembro. Nessa época é muito raro Paris congelar. Diante de Moscou, contavam as testemunhas, o jato de urina dos soldados alemães ficava cristalizado no ar, imóvel como gelo. Marie Trubetskoi quase gritava de admiração, não pela urina assim "estalagmitizada", mas por Moscou, que resistia. No entanto, queixas dos comunistas não lhe faltavam: família dizimada, pai, general do exército czarista, fuzilado, bens confiscados!... Você jamais entenderá os russos! Andando com seu metro e oitenta entre os túmulos, na alameda dos Sargentos de La Rochelle, coberta com uma pele surrada de zibelina, Macha Trubetskoi lhe contava:

"E de qualquer maneira, Karl, herdei isso de meu pai... Meu finado pai gostava de repetir que, em matéria de guerra, para qualquer estratégia digna do nome há na Europa um itinerário proibido: de leste a oeste. Que alguém inquiete os russos na periferia do país, ainda passa! Mas basta querer adentrar um pouco mais o território, aí é o fim... Só mesmo um *parvenu* como esse austríaco de vocês ou como o antecessor dele, esse que nem sequer era francês, para jogar os soldados nessa loucura assassina... Você conhece meu fraco pelos loucos; aliás, foi por isso mesmo que escolhi minha profissão... São as únicas criaturas que podemos freqüentar, as únicas que irradiam a própria essência do humano. Mas ai dos povos que se deixam subjugar por loucos sanguinários, sedentos de poder, como esse corso ou esse, desculpe, esse austríaco de vocês..."

A voz de Macha Trubetskoi tinha o dom de traçar no ar os arabescos da serenidade, seus erres rolavam suaves, como as próprias vibrações da santa Rússia. Com toda a certeza, era assim que falava com os seus pacientes. Mas dessa vez sua voz, só sua voz provocava em Karl Bazinger um mal-estar, a que se misturavam uma sombra de pressentimento e um medo. O medo súbito de que o que ela dizia fosse a pura verdade. Ora, o medo, ou medos, era a última coisa que, via de regra, a presença de Macha Trubetskoi lhe causava. Dessa mulher, bem mais moça que ele, emanava algo repousante, permanente, maternal, é claro. Para ele, Macha era uma ilha de serena bondade. Karl Bazinger gostava de conversar a sós com ela. Palmilhavam juntos os bosques, jardins, cemitérios, falando de tudo e de nada. Macha Trubetskoi tinha horror a mundanidades, dizia estar muito ocupada no trabalho com os seus loucos queridos, e só abria uma exceção: para os amigos Féval, na place des Vosges. Foi lá que ele a encontrou, bem no início da vida em Paris, em agosto de 1940.

Ah, os belos dias daquela Paris de agosto de 1940! O tenente Karl Bazinger é promovido a capitão, seu regimento desfila na avenida Champs-Elysées, deserta: o exército francês se rendeu, depois dos poloneses, noruegueses, belgas, holandeses, e com que facilidade! É inacreditável: aquele mesmo exército que ele vira lutar com tanta sanha, vinte e poucos anos antes! Tão pouca resistência deixa qualquer um magnânimo. Karl Bazinger faz questão de seguir a recomendação do comandante da Gross Paris: poupar a população. Acredita ser seu dever punir qualquer subordinado culpado do menor deslize. Não somos um exército civilizado, num país civilizado? Karl Bazinger quase se orgulha de usar o uniforme. Naquela Alemanha ele acredita. Acredita em sua missão de regenerar o velho sangue da Europa, e acha perfeitamente possível que convivam dentro de si o soldado e o homem, abertos ao espírito, a Dostoiévski, a Pascal.

Paris ainda não lhe abre seus lares. A Paris do mês de agosto de 1940 é uma grande aldeia adormecida. Os raros automóveis que passam são alemães. Bazinger volta de uma licença, pensa que vai ficar em Paris por muito tempo. Fala francês, um francês meio livresco. Aprendeu-o no Cairo, em 1929, quando estava servindo na legação. Era Eloi Bey — na época bem mocinha — que lhe dava aulas. A gramática a aborrecia, más lembranças dos anos de pensionato, no convento Des Oiseaux, em Paris. Bazinger ousava altos rodopios lingüísticos: com Eloi, iam direto a Racine, a Proust, a Mallarmé. Ou então era uma aula de conversação ao volante do Panhard conversível que ela dirigia pelas ruas do Cairo, parecendo uma acrobata, desfiando a toda, em francês, o relato de sua vida, desde a infância rebelde à beira do mar Cáspio, passando pelo calvário do pensionato, pelo encontro feérico com o poeta Rilke em Lausanne, onde ela se tratava dos pulmões, até o casamento com um xeique egípcio que a levara para o Cairo. Para Karl Bazinger, esses relatos ficaram na bruma, de tal forma o medo de se espatifarem a cada curva turvava o francês da adorável Eloi Bey.

Foi na casa dela, nos arredores do Cairo, cercada por um jardim que chegava à beira do deserto, que ele conheceu Louis

Deharme, um armador francês. Louis não era muito alto, tinha os cabelos pretos ondulados, alguns fios brancos, olhos azuis, um jeito juvenil e o pescoço comprido e musculoso. Não havia frieza em seus olhos claros, como se estivessem o tempo todo ensolarados por um riso contido — aliás, ria pouco; era outra pessoa que ria em seu lugar, alguém que se instalara dentro dele e que podíamos ver através de seus olhos, como por uma janela.

Há criaturas que tomam decisões na velocidade da luz, pouco importa que estejam tomando café-da-manhã ou escolhendo flores para sua amada. A razão: uma vitalidade ampliada, capaz, entre outras coisas, de gerar muito dinheiro. É o caso de Louis Deharme. Para essas criaturas, dinheiro é muito pouco. Louis Deharme compra navios, cuida de seu comércio, de longe ou de perto. Foi aprovado no exame de imediato, depois de capitão, para poder assumir o leme dos próprios navios. Navega, pesca, caça, amealha fortunas com a maior naturalidade. Um dia sobe num avião, e é paixão à primeira vista. Aprende a pilotar, descobre o que é sobrevoar o Tibete. Atualmente, gasta feliz sua fortuna, coisa rara num francês. Gasta-a em aviões, em expedições aos quatro cantos da Terra. Para ele, nada é longe demais, nem extenso demais, nem alto demais. Tudo lhe interessa: montanhas, savanas, estepes, desertos, mares.

Naquela recepção, em seu jardim perfumado de flores, Eloi Bey, usando um vestido branco leve, serve refrescos. Karl Bazinger acha que Louis, o francês, tem seu charme, não é pesado como os compatriotas, nem como ele mesmo. Chegam a trocar algumas palavras insignificantes, depois ficam sentados lado a lado, à mesa, por um bom tempo, num silêncio que pareceria quase descortês entre pessoas habituadas às mundanidades.

"Para falar a verdade", diz enfim Louis Deharme, "não tenho nada a ver com o Cairo. Mato as horas aqui, perco meu tempo. Tudo isso pelos belos olhos de Eloi. Estou apaixonado por ela, o que, reconheço, é uma fraqueza. Será que você também está?"

"Felizmente não! Eloi me ensina francês, mais nada."

"Por que esse... 'felizmente'?"

"Ela é o exemplo de mulher que veio ao mundo disposta a atrair os homens para grandes tragédias amorosas."

Bazinger se surpreende ao dizer essas palavras em francês, que aliás são de outra pessoa. De quem? Ele ri, quase sente orgulho de ter dito aquilo em francês.

"Quem diria!", rebate Louis Deharme, voltando-se para ele. "Que tal dar um bordejo pelo deserto, amanhã?"

"Um bordejo?"

"Uma excursão."

Bordejo no deserto, passeio militar pela França, e agora, onde estamos? Ah, sim, numa quarta-feira de agosto de 1940. Karl Bazinger se lembra de uma dessas conversas de loucos que ouve de Marie Trubetskoi:

"Um de meus pacientes tem um problema com o tempo. Diz: 'Sofro com o tempo. Para vocês o tempo passa, a segunda-feira vira terça, mas para mim é sempre quarta-feira. Ou então um outro dia. Hoje de manhã, por volta das dez horas, a temperatura era de catorze graus Celsius. Ora, tenho pena desse Celsius, ele já não está neste mundo, não verá a primavera'."

Bazinger, no Cairo, leva os bordejos cada vez mais longe. Suas pausas no deserto se prolongam. Aquilo se torna um vício. Graças à estrela de Louis Deharme, seus caminhos vão se cruzar longe do Cairo. Ásia, África. Louis Deharme se cura, não está tão doente como Eloi Bey. De vez em quando fala com Bazinger de sua cidade natal, Toulouse. Da casa que dá para o rio Garonne, onde moram sua mulher, Paulette, e as três filhas.

"É exatamente o vermelho da igreja de Saint-Sernin em Toulouse", diz ele diante de um pôr-do-sol no Tibete.

Além dos barcos, dos aviões, tem paixão pelas fontes e pelas magnólias.

"Mas me diga, você irá a Toulouse?"

A toda hora falavam nessa ida. Mas os anos vão passando, e os dois companheiros se perdem de vista. Na época, quem iria acreditar que Bazinger visitaria a França dentro de um tanque Panzer? Assim que chegou a Paris, escreveu para Toulouse, mas não teve resposta. Resolveu se apresentar em outro endereço, na place des Vosges, onde morava um amigo íntimo de Louis Deharme, o fotógrafo Rémy Féval. Quando se dirigia para lá, lembrou-se de uma observação de Louis: "Não é fácil se orientar na place des Vosges... A casa de Rémy fica numa linha reta a partir do rabo do cavalo". Chegando à place des Vosges, Bazinger descobre, no meio das árvores, a estátua eqüestre, coloca-se na direção do rabo do cavalo, e ei-lo num pátio. Ao lado da campainha está escrito SR. E SRA. RÉMY FÉVAL. Passos na escada, uma voz:

"Quem está aí?"

"Venho da parte de Louis Deharme."

A porta se abre, aparece um homem, rosto irlandês (normando, mais tarde Rémy corrigirá), com um avental de jardineiro por cima do terno de lã fina, camisa de seda, gravata-borboleta, olhos muito azuis, arregalados:

"Da parte de Louis? Marguerite!", ele grita, voltando-se para o alto da escada. "Marguerite! É alguém da parte de Louis!"

Karl Bazinger vai parar numa pequena sala de jantar, que parece ainda menor porque tudo que está ali dentro é gigantesco: cadeiras, mesas, uma velha estufa de faiança onde crepitam, dentro de uma imensa frigideira, gigantescas costeletas de vitela. Pedem a Bazinger que se sente ao lado da senhora, que está à mesa, no seu lugar, fumando. Quarentona. Turbante muito estudado, pérolas, anéis. Rosto de camponesa, quem diria, iguais às nossas, na Saxônia. Bazinger caiu em pleno almoço ritual dos dois, num *tête-à-tête*. No futuro, tal como nesse dia, toda vez que for almoçar na place des Vosges, Karl ouvirá de Rémy: "Está na mesa, senhora!", e, ato contínuo, cortará a carne dentro do prato da patroa, vigiará seu copo para nunca deixá-lo esvaziar. Na place des Vosges, impera o matriarcado: *madame* compra o filé-mignon, e *monsieur* cozinha.

Bazinger se sente um tanto constrangido. É sua primeira visita à casa de alguém de Paris, e como intruso, para completar. Como julgarão sua qualidade de oficial da Wehrmacht? Ele tira do bolso a carta de Louis Deharme.

"Mas é a letra de Louis! Pelo amor de Deus, de quando é esta carta?", pergunta Marguerite, muito comovida.

"Fevereiro de 1938."

"Ah", diz Marguerite, "enquanto o senhor estava subindo a escada meu coração disparou."

Louis já se foi deste mundo. Seu avião espatifou-se nos Andes.

Rémy chora. Lágrimas de verdade. Depois vira as costas, vai cuidar das costeletas de vitela. Marguerite assume o controle da situação:

"Louis gostava do senhor. Diversas vezes nos falou a seu respeito. O senhor é Karl Bazinger, não é?"

"Sou Karl Bazinger... Mas me diga, quando foi isso?"

"Rémy, quando foi?"

"Há um ano."

"Tem certeza?"

"Como se pode ter certeza se nem o corpo nem os restos do avião foram encontrados?"

Não há tristeza, não é tristeza que ele sente na hora, mas um constrangimento que vai crescendo. Gostaria de não estar ali, de não perturbar a intimidade daquela gente, de não despertar emoções. Como eles riram quando o quadrimotor de Louis Deharme se lançou por sobre o deserto, levantando uma nuvem de areia! Louis, que lhe dava uma garrafinha de armagnac. Bazinger estava metido numa bela encrenca, pois fora feito refém de uma tribo, por causa da traição de um de seus guias. E Louis Deharme foi recolhê-lo nas areias do deserto com seu quadrimotor. Aquilo sim foi uma libertação; em nenhum outro momento de sua vida ele teve tamanha sensação de estar sendo resgatado. Mas me diga, você irá a Toulouse? Uma libertação. Ei, Karl, você anda meio atrapalhado em Paris? Ainda é verão, agosto de 1940; não há no mundo mês mais calmo do que agosto em Paris. Vai confessar que se sente um pouco só? E que fim levaram seus companheiros de armas? Eles o irritam, é isso? Principalmente os jovens, com sua fé inquebrantável no Führer e num Reich milenar? Mas você também, lembre-se de Munique em 1924! E como os discursos desse homenzinho pálido o entusiasmavam!

Quando tocou a campainha na place des Vosges, Karl Bazinger esperava se sentir um pouco menos só em Paris. Não havia melhor cartão de visita do que o título de velho amigo de Louis Deharme. E estava certo. Desde a primeira visita, ficou íntimo dos Féval. De vez em quando, aos domingos, quando podia pegar um carro de serviço, Karl ia encontrá-los na casa de campo, em Saint-Jean-aux-Bois. Jogavam bocha. Macha Trubetskoi, que os Féval chamavam de "a doutora", às vezes aparecia. Entre Marguerite, nativa do Bérry, e a russa havia certa cumplicidade. Uma fez carreira no jornalismo, foi diretora de uma revista feminina cuja publicação agora estava suspensa por causa da falta de papel; a outra se dedicava aos loucos, na sua clínica de Bourg-la-Reine.

Pouco depois da primeira visita à place des Voges, em agosto de 1940, Marguerite lhe pediu um favor, bem antes de sua conversa com o coronel Oswer, do serviço de segurança: ele poderia intervir a respeito de um incidente que ocorrera na clínica? Uma fiação que passava pelo parque apareceu cortada. Os soldados alemães haviam se alojado nesse parque, sendo portanto bons vizinhos da doutora. E a tal fiação era a do telefone deles. No dia seguinte, dois marmanjos da Gestapo se apresentam na clínica, pedem para falar com a dona. Mal a princesa abre a boca, um paciente, de pijama e jeito muito inofensivo, se interpõe: "A doutora não tem nada a ver com isso. Fui eu que cortei o fio. Estava podando as roseiras, isso faz parte do meu tratamento. E aí, por descuido...". A Gestapo quis saber mais sobre a clínica. Os tempos ainda eram amenos em matéria de atos subversivos. Graças às providências de Bazinger, o incidente foi minimizado. Mais tarde, um dia em que passeavam à beira de um campo de beterrabas, Macha Trubetskoi, rindo, meio atrapalhada, confessou-lhe que fora ela que cortara o fio:

"Aquilo era muito feio, no meio das minhas petúnias."

O capricho de Macha tranqüilizou Bazinger: achou que se a princesa fosse uma antialemã ferrenha teria sido mais cautelosa. Desde então, ela realmente se desdobrava, tão amável, só para agradar aos vizinhos. Os soldados alemães podiam se tratar na enfermaria da clínica, e ela chegou a lhes oferecer, no seu parque, uns *petits-fours* e taças de *marc de Bourgogne*.

Se fisicamente a doutora era pesada, seu modo de se movimentar, de andar era ágil. E sobre aquele corpo maciço havia uma cabeça que parecia um passarinho pousando: uma nuvem de cabelos dourados, profundos olhos azuis *made in* Rússia, um rosto de anjo. O anjo protegia sob as asas a Terra inteira: deixe que eu enxugue as suas lágrimas e pegue na sua mão, vou escutá-lo, sim, pode me contar tudo.

O fato é que em dois anos de convívio com os Féval e sua inseparável doutora, só uma vez Karl recebeu um pedido de ajuda, aquele do fio do telefone. Em compensação, suas relações mundanas, em Saint-Germain ou no parque Monceau, começaram a lhe pedir os mais variados favores: permissão para sair depois do toque de recolher, autorização para usar um carro, para passar alguns dias na zona proibida, no litoral etc. Pedidos que afluem quando, a partir de junho de 1941, um decreto impõe aos judeus, desde os seis anos de idade, a obrigação de usar a estrela amarela.

Se os altos oficiais do exército, tendo à frente o general Stülpnagel, queriam expressar um semblante de política civilizada, na França os camisas-marrons pensavam completamente diferente, e o próprio Führer também, pois nutria um rancor por aqueles negros, como chamava os franceses. Entre a Gestapo e o alto comando da Gross Paris havia uma guerra surda que, na prática, se traduzia assim: novas técnicas e iniciativas ficavam a cargo da Gestapo e de seus homólogos franceses, os milicianos da Secretaria de Ordem Pública; os escrúpulos e as dúvidas ficavam com os oficiais da Wehrmacht locados na Gross Paris, entre eles Karl Bazinger. Em meio a essa luta estofada, ele foi encarregado de um serviço delicado: arquivar os documentos relativos às execuções, traduzir as cartas de despedida dos fuzilados, em Nantes, Paris e outros lugares, e as cartas de prisão. Karl registra, traduz, classifica. De vez em quando, também deve assistir às execuções. Durante uma delas, observa um certo cabo Schmidt. De que ele é um atirador infalível, não há nenhuma dúvida. Se mira o coração, atinge o coração; se estoura os miolos de alguém, é porque mirou na cabeça. E esse homem visa, de preferência, os rostos mais dignos, mais nobres. Quando Bazinger lê as cartas dos outros fuzilados, são os rostos das vítimas do cabo Schmidt que ele revê. E suas velhas noções de dever militar, do inimigo visto como alvo legítimo, se embaralham. Ele sente engulhos.

Admitamos, ele pensa, que eu escreva um relatório sobre o cabo Schmidt. O que isso vai mudar? Parece que está ouvindo a voz do oficial SS, chefe do pelotão de execução: "Por que está se metendo, capitão? O cabo Schmidt é o nosso melhor elemento! Gostaria de fazer o trabalho sujo no lugar dele?".

Entre a preocupação de fazer bonito nessa Paris ocupada onde fez amigos e a repreensão do coronel Oswer, do serviço de segurança, convidando-o inequivocamente a denunciar esses mesmos amigos, Karl Bazinger não sabe de que lado ficar. Por que tudo isso o submerge naquela manhã de abril de 1942? Já é hora de voltar para o front, ele pensa, enquanto acende o fogareiro a álcool. Vai preparar uma xícara de café turco. Abre as cortinas das janelas que dão para os jardins dos Champs-Elysées, passa os olhos pelas paredes, demora-se nos móveis, nos objetos agora familiares, desde que ocupa aquele aposento no Hotel Berkeley. Observa o estilo que supostamente devia seduzir, outrora, os turistas americanos. São cópias bem-feitas de cômodas luís-quinze, tapeçarias de seda adamascada cinza-pérola, poltronas forradas de cetim de um tom de rosa envelhecido. São dois aposentos, sendo o maior o quarto de dormir, com um leito baldaquinado e um vasto armário, em toda a extensão da parede, com espelhos nas portas. O outro aposento, menor, é seu escritório, que aos poucos tomou jeito de depósito, de tal forma se misturam as pilhas de livros, as grandes caixas de papelão com gravuras, desenhos, testemunhos de suas caçadas aos livreiros e antiquários. A maioria dos livros já foi lida, está mais do que na hora de despachá-los para casa, na Saxônia.

O pequeno recipiente de cobre com cabo comprido, cheio de espuma preta, estava quase fervendo. Karl Bazinger o vigiava, pronto para jogar a água fria que baixa a borra do café. Tocou o telefone. Era Hans Bielenberg, seu vizinho em Schansengof, sua aldeia na Saxônia. O velho amigo Hans.
"Onde você está?"
"Bem aqui ao lado, no London Bar."
"Estou descendo!", disse Bazinger, muito surpreso de saber que ele estava em Paris.
Bazinger se apresentou no terraço do London Bar vestindo um terno já meio surrado, gravata com o laço frouxo, tez bronzeada (as partidas de bocha no campo, na casa dos Féval), faces mal escanhoadas, em suma, um conjunto que lhe dava ares de boêmio moderado e contrastava, quase de propósito, com o amigo Hans Bielenberg, que usava a farda da Luftwaffe, tinha a fronte imaculada, feições bem marcadas e uma palidez que lembraria uma estátua medieval deitada sobre um túmulo, não fossem os olhos cinza-escuros que faiscavam febris. Quando Hans

se levantou para ir ao seu encontro, Bazinger percebeu como sentia saudade da Alemanha, sobretudo ao pensar no desastre que via aproximar-se. "Meu Deus, em que sopa cósmica estamos sendo cozidos", pensou, enquanto apertava com as duas mãos a mão esticada do amigo. Ficaram assim algum tempo, talvez tempo demais aos olhos da única testemunha, o barman francês que enxugava os copos. Era raro ele ter a chance de presenciar tais efusões por parte dos ocupantes: em geral eles se olham direto nos olhos e esmagam a mão do outro.

"O que vão beber, cavalheiros?", perguntou o garçom, quando a Wehrmacht se sentou.

"Dois cafés pretos, bem fortes."

E ei-los novamente de olhos fixos um no outro, falando *schranken, banken kfft*. Esses aí são bichas, pensava Jeannot, ponho minha mão no fogo: esses dois milicos são veados, e não têm nem um pouco de vergonha! Dizem que isso não é muito bem-visto na terra do Adolf, e dizem até que eles vão em cana! Nosso observador conhecia um pouco esses comportamentos. Ele mesmo "era desses". Mas o ruivo — ele pensava em Karl Bazinger —, quem diria, hein? Era o mesmo homem a quem ele servia Don Pérignon, a duzentos francos a garrafa, na sala do fundo, e que sempre brindava com uma beldade, nunca a mesma. E que beldades, do mais alto gabarito! Jeannot entendia do assunto. Sim, Jeannot também navegava entre Augustine e Paulo: saias e calças.

Jeannot tinha apenas vinte anos, pai desaparecido na natureza, mãe zeladora, ocasionalmente lavadeira e passadeira, e sobretudo faxineira na casa dos inquilinos, na rua Pierre 1er de Serbie. Foi graças a Paulo que ele conseguiu essa vaga no London Bar. Essa vaga! Que dádiva! As gorjetas dos boches, a bem da verdade meio pão-duros, mas cigarros a dar com pau e comida em profusão: salsicha, toucinho, até frango. Nada a ver com repolho e rutabaga. Sua mãe e Augustine tinham, afinal, todo o necessário, mas não diziam não a um chapéu novo ou a um par de meias de seda. "Salve-se quem puder", gostava de dizer Paulo, seu amigo e protetor, que ficara em maus lençóis com a justiça, mas da qual se livrou graças à chegada dos ocupantes. Como não abençoar a Wehrmacht? Ele também a abençoava, e Paulo junto com ele, mas a seu modo.

Seus deuses eram os SS, com aquele olhar de bronze que parecia uma lança e transpassava qualquer um, as coxas de ferro moldadas dentro das calças pretas, as braçadeiras com a suástica; só de vê-la ele ficava eletrizado. Quando apareciam, sentia os joelhos bambos, como se um veneno inefável se infiltrasse em seu sangue e o paralisasse para uma oferenda, incondicional. Então Jeannot ficava pequenininho, mais apagado e encolhido que nunca, ele, que era um belo rapaz.

"Não vamos ficar aqui o tempo todo", disse Hans Bielenberg, que acabava de interceptar um olhar insistente demais para o seu gosto, do barman francês. "Estou hospedado no Hotel Raphael. Quais são seus planos?"

"É meu dia de folga. Posso acompanhá-lo ao hotel, são apenas vinte minutos a pé... Mas, afinal, me diga, por que você não me avisou que vinha a Paris?"

"É uma longa história", disse Hans, com o espírito subitamente distante. "Foi uma decisão de última hora."

Hans Bielenberg não conseguia se livrar da sensação de estar sendo seguido. Era absolutamente idiota. Quando partira de Berlim, ficara sozinho numa cabine do vagão-leito. Ao chegar, comera numa cervejaria lotada de militares. O Führer não tinha prometido a cada um de seus combatentes ver Paris, nem que fosse uma única vez? Ninguém prestara atenção nele, é claro, mas Bielenberg achava que todos olhavam para sua pasta amarela nada discreta, de pele de porco. Não havia nenhum explosivo dentro, mas sim uma muda de roupa de baixo e um inofensivo livrinho, a edição original da primeira tradução francesa de Os sofrimentos do jovem Werther. Ele precisava entregá-lo a um antiquário, um certo Philippe Bannier, no número 18 da rua de Castiglione. Só entregar, e no dia seguinte voltar para Berlim. Será que estava apenas cansado, ou, designado para um servicinho que até então nunca fora de sua área, ele intuía que o centro estava com escassez de emissários? Da Gare du Nord, fora de táxi até perto do Hotel Berkeley, para aquele bar totalmente deserto, de onde telefonara para o amigo Karl.

"E se tomássemos um conhaque?", disse Bazinger, ao ver um Hans diferente, preocupado.

"E por que não? Sim, um conhaque", disse Hans Bielenberg, saindo de sua ausência. "No táxi, há pouco, na sua Paris, achei que estava sonhando. O tempo está tão lindo. Os terraços dos cafés, os entregadores de bicicleta com as cestas de pão fresco... As mulheres, seus lindos tornozelos. Como as parisienses têm pernas bonitas! Você acredita se eu disser que da estação até aqui só vi uma farda? Depois de Varsóvia, a fogo e sangue, é fantástico! E estes drinques! Egg-nogs, fizzes, sours, manhattans", ele recitava, desfiando a lista de bebidas estampada numa tabuleta de antes da guerra.

"E isso", diz Karl Bazinger, "olhe para isso..."

Atrás do vidro passava uma jovem com tailleur primaveril em cuja lapela havia costurada, junto com a palavra "judia", uma estrela. Ela andava de cabeça erguida, sem pressa.

"Meus amigos franceses costumam fazer um brinde ao comer o primeiro morango da estação, ou a primeira cereja, ou o primeiro aspargo", diz Bazinger. "Não é a primeira parisiense que você vê passar tão perto?"

"Os desastres garantidos são mais benéficos, às vezes, do que uma felicidade improvável", diz Bielenberg.

"Poeta, hein, Hans? É essa a sua vocação secreta?"

"Ah, Karl, sempre o mesmo! Paris lhe faz bem... Se você fosse um pouco para o leste, veria que não se trata de uma simples guerra de uma nação contra outra, mas da própria barbárie. Uma cadeia de crimes. As represálias na Polônia, você nem faz idéia. Mandávamos para os ares bairros inteiros, com tudo o que se mexia ali dentro. A Morávia, você viu? Para responder ao assassinato de Heydrich, liquidamos uma cidade inteira, Lídice: mulheres, velhos, crianças..."

"Quer mais uma dose?", pergunta Bazinger. "Garçom! Dois conhaques, por favor!"

Vamos lá, as beijocas das duas rolinhas, pensa Jeannot. Anúncio de gorjeta. O ruivo costuma ser generoso, mas hoje, estou sentindo, o outro é que vai desembolsar a grana. Jeannot pegou a garrafa de Napoléon, encheu os dois copos.

Um grupo de fardas entrava no bar. Jeannot embolsou a nota de cem francos, mais do que esperava, e correu para receber os recém-chegados. Seu dia de trabalho começava, definitivamente.

Lá fora, o sol perfurava um nevoeiro cinza-prateado, o ar ia ficando com esse tom malva que Karl Bazinger só tinha visto em Paris.

"Há um bistrô em Montmartre, mantido por uma viúva. Ela não gosta de fardas, mas tem um fraco por mim. *Pot-au-feu*, *boeuf bourguignon* à moda antiga... Meus amigos, os Féval, vão sempre, jantamos lá toda quarta-feira."

"Os Féval da place des Vosges? Rémy e Marguerite? Você continua a vê-los?"

"Em Paris, eles são minha família. Talvez Macha Trubetskoi também esteja lá, lembra-se dela? Aquela russa surpreendente, psiquiatra?... Que tal jantar conosco?"

"Tudo bem", disse Bielenberg. "Estou livre à noite. Eu tinha mesmo esperança de passá-la com você."

"Tem de ir à paisana. Vou lhe emprestar um terno. Acompanho você até o hotel?"

"Obrigado, não precisa. Minha bagagem é só esta pasta... Às sete horas passo para pegá-lo no Berkeley, está bem?"

Sua missão era ir ao número 18 da rua de Castiglione, com o *Werther* na mão, perguntar por Philippe Bannier, entregar-lhe pessoalmente o livro. Devia ouvir: "Quer ser pago em espécie? São trezentos francos. Ou deseja escolher um livro de preço equivalente?". Hans Bielenberg devia responder: "Deixe-me olhar as prateleiras". À esquerda da porta de entrada, na quinta estante a partir do alto, havia um livro, *Le bal de Sceaux ou le Pair de France*, de Honoré de Balzac, edição de 1830. Ele devia pegá-lo. Senão, devia dizer que gostaria de receber em espécie. As notas deviam conter, assim como o livro de Balzac, uma mensagem.

Quando Hans Bielenberg se apresenta na livraria de Philippe Bannier, o cenário está mudado. À direita da entrada está sentada uma senhorita, não muito jovem, bochechas bem vermelhas, um chapeuzinho, óculos, um livro aberto diante de si.

"O que deseja?"

"Gostaria de falar com o senhor Philippe Bannier."

"Ele está doente, descansando, no campo. Sou filha dele."

Bielenberg põe sobre a mesa a tradução de Goethe.

"Nossa, meu pai sonhou muitos anos em possuir essa edição."

Diz isso devagar, como que alheia a tudo, seus olhos não desgrudam do rosto de Bielenberg, e depois, com um gesto brusco, fecha o livro que está lendo, vira-o para cima. Bielenberg consegue ler: *Le bal de Sceaux ou le Pair de France*, Paris, 1830.

"Espero que não seja nada grave, a doença de seu pai."

A senhorita pega um pedaço de papel, rabisca rapidamente alguma coisa, dizendo:

"Não, ele está muito mal. Temo que não possa retomar o trabalho."

"Diga a seu pai que sinto muito", diz Bielenberg, com os olhos na mensagem que a senhorita empurra para perto dele.

Lida a mensagem, ela rasga o papel em pedacinhos e guarda-os na mão fechada. Adeus, obrigado, a porta bate, Hans Bielenberg anda sob as arcadas na calçada. Seus pressentimentos, no trem, não eram infundados. O código fora interceptado. Sem dúvida, a rede fora descoberta.

Nas Tuileries, crianças brincavam. Corriam, brigavam por uma bola. Rolavam na grama. Não prestavam a menor atenção em Bielenberg, sentado num banco, com a farda da Luftwaffe. Estou frito, pensou, vão me pegar em Berlim! E como eles sabem pegar alguém!... A mensagem escrita a lápis da srta. Bannier lhe vem à mente: "Prudência esta noite no La Veuve Simone. Confiança na princesa". Prudência, confiança? O que esperar? Paciência! Hoje à noite veremos, na hora do *pot-au-feu*. De qualquer maneira, você não tem escolha... Você os odeia. Odeia, e já odiava desde os primeiros crimes. Febril, você devora aquela pilha diária de notas que caem sobre a sua mesa no Ministério da Aeronáutica! Verdes, rosas, azuis, dependendo do grau de confidencialidade, sendo o rosa o mais secreto... E, enquanto faz isso, você reúne certas armas, para atacá-los mais tarde.

Uma bola foi bater na sua cabeça, quicou, rolou um pouco mais longe. As crianças ficaram maravilhadas com aquela farda que de repente descobriam, e eis que a farda se levanta, apanha a bola e a entrega na mão do mais franzino, de cabelos pretos cacheados.

Como um bando de pardais, as crianças saem correndo daquele gramado. Hans Bielenberg volta a se sentar, avista dois relógios gigantescos do outro lado do Sena. GARE D'ORSAY, lê a inscrição talhada na pedra. Os dois grandes ponteiros pretos marcam horas diferentes: num é quase meio-dia, no outro são sete horas. Essa descoberta volta a alegrá-lo.

A tortura, ele já experimentou. Foi antes de março de 1933. Chicote de cachorro, cordas com bolinhas de chumbo. Ele, Hans Bielenberg, devia passar três vezes, com o torso nu e em passo rápido, entre duas fileiras de SS, e durante a travessia o espancavam dos dois lados. Ele havia passado três vezes, trincando os dentes, a cabeça erguida, sem deixar escapar um som. Tinha jurado se vingar. Quando nada, em memória daquele amigo que caíra depois da segunda passagem e não se levantara. Não era um ressentimento. Foi uma decisão em bloco de todo o seu ser: combater "essa gente". Era assim que ele chamava os SS, desde a passagem pelo corredor. Combatê-los sem limites, e por qualquer meio, desde que fosse eficaz.

Ele, Hans Bielenberg, é da casta dos oficiais. Um círculo, um mundo. Deve seu posto no Ministério da Aeronáutica à intervenção do Reichsmarschall Goering em pessoa. Nem por isso é um deles, um desses senhores do exército bem-nascidos e que ocasionalmente conspiram a portas fechadas contra um regime que faz guerra contra os *gentlemen* ingleses, e que até mesmo flertam, de passagem, com Josef Stálin.

Quando as coisas começam a dar errado, não é a derrota alemã que esses senhores almejam ver chegar, mas a de Hitler. A derrota da Alemanha não, isso nunca!

Hans Bielenberg, com suas condecorações, com acesso aos documentos *top-secret* do Ministério da Aeronáutica, é evidentemente um deles. Ninguém pode conceber que um deles transmita aos comunistas informações que permitam massacrar milhares de vidas alemãs. Não, um sacrilégio desse, ninguém consegue imaginar. É por isso que Hans Bielenberg não é um traidor. Mas uma criatura que veio de outro planeta: um estranho estrangeiro. Embora fique indignado, como há pouco no London Bar, com as represálias na Polônia, com a barbárie que está se tornando a guerra no Leste, ainda mantém uma linguagem inteligível, ainda é um alemão, e até mesmo um bom alemão aos olhos de alguns. Mas daí a se prestar àquele papel na livraria de Philippe Bannier...

Hans Bielenberg está sentado num banco das Tuileries e tem medo. E agora o medo torna-se quase uma certeza, o que o acalma. Passa uma moça, empurrando uma cadeira de rodas onde está sentado um ancião, de cabeça leonina, olhar vivo, lembrando um pouco Einstein. Atrás vai trotando um cachorro, um vira-lata melancólico. Em Schansengof eles tinham um cachorro, vira-lata também. Elisa o encontrara à beira de um bosque, ainda filhote, abandonado talvez poucos dias antes, sem forças. Os meses passaram e ele só crescera um pouquinho, mas sua acuidade se revelara notável. Ia avisar quando o telefone tocava e ninguém escutava, no outro extremo da casa. Toda sexta-feira, ouvia o carro de Hans chegando, quando ainda estava a alguns quilômetros. Quando Elisa quebrou um tornozelo fazendo arrumações no sótão, Idefix desceu ao jardim para avisar, com toda a eloqüência, que havia algo errado, e levou Hans ao sótão. Mas a ocasião em que Idefix mais os surpreendeu foi no dia em que Elisa teve um aborto natural. Hans estava em Berlim. O cão atravessou correndo o bosque até a casa dos Bazinger e improvisou tamanha pantomima, que Loremarie, mulher de Karl, entendeu que os vizinhos precisavam dela. Quando estava calmo, percebiam-se mais ainda suas antenas ligadas. Às vezes era até preocupante, como naquele último domingo que Karl passara na casa deles, em Schansengof. Idefix não o largou um só instante, e o olhava nos olhos como se quisesse lhe perguntar alguma coisa.

Elisa não estava informada do que se tramava no trabalho de seu marido no Ministério da Aeronáutica. Em Berlim, tinham um apartamento, um ateliê de artista com dois quartos, onde seus amigos, ou melhor, agora os amigos de Hans, gostavam de se reunir. Uma grande lareira antiga e um vazio revelado pelas grandes e belas árvores atrás de janelões envidraçados. Era ali que Elisa vivia sozinha até encontrar Hans, cinco anos antes. Desde o início da guerra ela dissera que não suportava o "clima" de Berlim, que lhe causava certo mal-estar. Ficava cada vez mais na casa de campo, em Schansengof, na Saxônia. Às vezes Hans ia até lá nos fins de semana. Ali ela traduzia o teatro de Claudel, sem a menor esperança de vê-lo ser encenado de novo nos palcos da Alemanha atual, e os romances de Mauriac, que adorava (sua mãe era de Bordeaux, do mesmo meio que o escritor).

Antes que Elisa entrasse na sua vida, Hans Bielenberg tinha sido atraído por mulheres nada convencionais, artistas, quase sempre casadas, da alta sociedade. Elas achavam muito charmosa a sua palidez de marfim, seus olhos cinza incandescentes, suas mãos de dedos compridos sempre em movimento, sua voz quente, essa estranha mistura de distanciamento e paixão. Ele cruzara com Elisa no vernissage de uma dessas artistas da moda, no Hotel Adlon. O rosto sem maquiagem, como que lavado só com água e sabonete, sapatos baixos, e um tailleur sem graça, entre o cinza e o bege, fora de moda. Uma obra-prima, aos olhos de Hans, e ele esqueceu de olhar os quadros, que de qualquer maneira já fingira admirar no ateliê. Seguiu aquela aparição bege, e quando compreendeu que, insensivelmente, ela se dirigia para a saída, foi atrás. Alcançou-a a tempo, na porta giratória, e logo perguntou se podiam caminhar um pouco juntos.

Não foi paixão à primeira vista. Não houve uma dessas febres ardentes, cujas delícias ele conhecera tão bem no passado. Os dias a sós eram calmos, pareciam não levar a um fim. O casamento aconteceu naturalmente.

Hans continuava a encontrar as mulheres insólitas que desde sempre o atraíam. Precisava da companhia delas, da conversa, das confidências. Mas permanecia fiel a Elisa. De sua parte, não era um esforço.

Viveu mal os dois abortos naturais de Elisa, um depois do outro. Hoje se felicitava por esse golpe do destino: não ignorava o que estava reservado aos "consangüíneos", como aquela gente chamava os familiares dos condenados. Ia escrever uma carta, estava decidido. Ia deixá-la ali, à vista, entre seus papéis. Depois da investigação, a carta figuraria no processo. Seria uma carta para Elisa. Ele lhe exporia sua intenção de se divorciar, por desacordos ideológicos. Apresentaria sua mulher como uma pró-nazista visceral.

Quanto mais sua prisão parecia inevitável, mais Bielenberg relaxava. Descobriu que, naqueles jardins das Tuileries, ninguém queria ficar perto dele. Ao longe, as pessoas iam e vinham, sentavam-se nas cadeiras, nos bancos, passeavam com os cães, mas ao redor de si não havia vivalma. Só os pombos não ligavam para sua farda da Luftwaffe. Um dos dois relógios da Gare d'Orsay marcava quinze para uma. Hans Bielenberg se levantou e se dirigiu para as arcadas da rua de Rivoli. Eles vão me pegar no trem. Não, melhor, na saída do trem. A não ser que o vespeiro já esteja armado para hoje à noite, no La Veuve Simone, em pleno *pot-au-feu*...

Durante uma licença, em setembro de 1940, Karl Bazinger tivera sua dose de realidade. Dois sujeitos da Gestapo se apresentam em sua casa de Schansengof, para uma investigação ligada ao arquivo da Frente Negra. Esse rótulo — Frente Negra — indica as pessoas e os grupos que têm pouco ou nenhum ponto em comum, exceto o fato de não pertencerem a nenhum partido, e a fama de serem "opacos", palavra que, na boca dos policiais, não deixa pressagiar nada de bom. A pista que os levou a Karl Bazinger? Algumas cartas escritas por ele, uns dez anos antes, e recolhidas durante uma batida na casa de seus antigos correspondentes, em Berlim.

Antes mesmo que os sujeitos da Gestapo exibissem as cartas em questão, Karl Bazinger, muito seguro de si, observou que pertencia à Wehrmacht; era aos órgãos do exército, talvez até ao serviço de segurança, que ele devia prestar contas, e não às autoridades locais. Se eu ceder, ele pensa, Loremarie e as crianças vão ficar à mercê desses brutamontes, e só Deus sabe como as coisas podem evoluir. Tentou amaciar os visitantes com um arsenal de astúcia, que surtiu efeito. Enfim, eles foram embora, pedindo desculpas, e apertaram sua mão.

Essa visita causou em Karl Bazinger os primeiros suores frios. Naquela noite ele se embebedou, junto com o vizinho Hans. A sós, abriu o coração. Elisa tinha saído para dar apoio a Loremarie, que ficara muito abalada com a visita da Gestapo. Olhando Karl abrir uma terceira garrafa, Hans pensava: "Não tem jeito, ele fala do regime como de um vício, do exército como de uma virtude absoluta, mas que o regime, o exército, a Alemanha e o povo alemão já são uma e a mesma coisa, é algo que lhe escapa de maneira dramática...".

O outono de 1940, na Saxônia, foi calmo, dourado. Eles estavam sentados na varanda de peitoril de madeira trabalhada, na casa de Bielenberg, em poltronas fundas cobertas com capas de algodão cru. No colo de Hans, Idefix se encolhia. O pôr-do-sol tingia com tons alaranjados os copos de cristal e o vinho do Reno. O cabelo ruivo de Karl, as grandes árvores douradas e imóveis, a paz inacreditável do lugar, seria tudo o que restava da Alemanha, da Alemanha deles, ainda não dominada pelos oficiais com impermeáveis compridos e os chapéus de feltro do Tirol?

Enquanto andava para a place de la Concorde, Hans Bielenberg revia aquela iluminação dourada da última conversa a sós em Schansengof. Na altura do Hotel Meurice, seus compatriotas de altas patentes desciam dos automóveis, com os ajudantes-de-ordens abrindo as portas. Hans Bielenberg apressou o passo.

No quarto do Hotel Raphael descobriu, sobre a cama, o terno de Karl. Havia um bilhetinho alfinetado no paletó: "Tenha um bom dia, Hans! Bem-vindo a Paris!". Outro bilhete lhe veio à cabeça, aquele pedacinho de papel rabiscado às pressas e rasgado pela srta. Bannier: "Prudência esta noite no La Veuve Simone. Confiança na princesa". Estranho. Como ele não tinha pensado nisso? Combina com Karl um jantar em Montmartre, despede-se dele, não se passa nem uma hora, e a filha de Philippe Bannier já está informada? Vejamos essa história, pensa Hans Bielenberg. O contato da estação de Potsdam é claro: "Ao chegar a Paris, telefone a Bazinger do London Bar. Aqui está o número, caso você não saiba. É dia de folga dele, como toda quarta-feira. E toda quarta-feira ele janta com os amigos Féval e uma senhora russa, uma médica, no La Veuve Simone, em Montmartre. Você tem de ir lá. Portanto, telefonema a Bazinger, depois livraria, depois jantar... Esse jantar, nada mais normal, você é íntimo de Bazinger. Para nós, é capital, embora, para você, aparentemente nada aconteça ali...".

As coisas deram errado, pensa Bielenberg, é evidente, na livraria. No jantar do La Veuve Simone deve acontecer alguma coisa, sem a menor dúvida. Se não houver contra-ordem, vou a esse maldito jantar. Mas se, imaginemos, Karl me dissesse que está com dor de dente e cancelasse o jantar, o que eu faria? Pois é. Em todo caso, a misteriosa princesa em quem devo confiar só pode ser essa russa, amiga dos Féval. Karl me falou dela. E se a rede for mais ampla e mais bem implantada do que penso? E se Karl pertencer a ela?

Quando Hans Bielenberg chegou às sete em ponto na recepção do Berkeley, Karl o esperava no quarto, tratando de empacotar livros e gravuras.

"Hans, mas você está esplêndido! Esse terno parece feito para você. Fique com ele. Mandei fazer sob medida no alfaiate de Féval. Ele tem estoques de tecidos encomendados da Escócia antes da guerra."

"É gentileza sua, muito obrigado", diz Hans, "mas com a vida que levo em Berlim terei poucas ocasiões de usá-lo... Estava escrevendo?", pergunta, vendo papéis desarrumados sobre a escrivaninha.

"Escrevi esta tarde meu pedido de transferência para o front do Leste. Pronto, agora está resolvido."

"Você anda com problemas?"

"Não propriamente, mas não vai demorar. Vamos conversar no caminho. Vamos a pé, tudo bem? Um verdadeiro passeio, você verá Paris... Gostaria de lhe pedir um favor. Está vendo esse caixote? São livros, litografias... Se você o levasse para Schansengof, daria um bom alívio na bagagem na minha próxima licença."

"Mas claro, Karl, levarei o caixote... Falando em livros, conhece Philippe Bannier?"

"Philippe Bannier, da rua de Castiglione? Claro! Conheço todos os bons sebos de Paris. Vou com freqüência ver o senhor Bannier, bater um papo."

"Passei diante da livraria por acaso, de manhã. Pensava encontrar um livro para Elisa. O aniversário dela está próximo."

"Encontrou?"

"Não."

Karl Bazinger e o amigo já tinham passado da Concorde e dos Champs-Elysées.

"Você vai me dizer, Hans, por que veio a Paris assim, de improviso? Não me venha com a história de que era para comprar alguma coisa para o aniversário da sua mulher, ou para jantar com o velho Karl e seus amigos franceses em Montmartre."

"Apenas uma missão de rotina do ministério. E é verdade, Karl, foi uma decisão de última hora, nem Elisa está sabendo. Você vê um mistério nisso, mas não há nenhum."

Hans relembrava: "Você tem um amigo locado em Paris, o capitão Bazinger. É para ele que telefonará assim que chegar, para ele e mais ninguém. Aqui está o número do telefone, caso não tenha. Primeiro, a livraria, só depois da livraria é que você vai pegar o visto para a sua folha de serviço".

Aquele Karl que andava ao lado dele, bronzeado, com ar de boêmio dândi e que fazia perguntas com certeza estava implicado na trama desse dia parisiense tão movimentado, mas de que modo?

"É a minha vez de perguntar, Karl: por que você quer trocar Paris pelo front russo?"

"Não é que eu queira sair de Paris, mas não quero esperar o momento em que não tiver mais liberdade de escolha. Stülpnagel é o comandante-em-chefe e me protege, mas se fosse obrigado a deixar o Majestic, estou vendo o que ele diria: 'Meu caro, você ocupa um posto indigno de seus talentos...'. E depois, sabe, sempre gostei de viajar."

"Em matéria de viagem, essa próxima vai ser longa", diz Bielenberg.

"Aqui fiz progressos em russo. Agora falo mais ou menos correntemente. Meu professor é um velho russo, um jogador de xadrez. Um dia ele me disse que Lênin morria de tédio: achava seus bolcheviques de uma mediocridade lamentável..."

"Loremarie está sabendo?"

"Claro que não, como estaria? Só escrevi meu pedido hoje... Olhe isso, o sinal está vermelho, e esses jovens atravessando a rua, que coisa!"

"Não tem nenhum carro à vista."

"Na nossa terra, com ou sem carro, sinal vermelho é sinal vermelho. Vou sentir saudade de Paris. Os franceses não sabem obedecer, é algo arraigado neles. Fazem de conta. Apenas fazem de conta que estão sob o nosso domínio, mesmo os que colaboram abertamente conosco..."

Na esquina de uma das ruas que dão para a praça Clichy havia uma mendiga, difícil dizer de que idade, sem dentes, uma fita laranja no cabelo, segurando à sua frente uma cesta mantida por uma fita da mesma cor, passada em torno do seu pescoço. Havia ali três buquês de violetas. Ela se balançava de olhos fechados, cantando: *"Fleurissez-vous mesdames, fleurissez-vous messieurs..."*.

"As estações passam, as flores mudam, mas ela está sempre aqui... Vejo-a toda vez que vou ao La Veuve Simone. Aposto que estava aqui antes da guerra, e espero que depois ainda esteja... *Bonjour, madame!*"

"*Bonjour, monsieur!* Tudo bem com o senhor?"

"Tudo bem, obrigado", disse Bazinger. "Por favor, me dê esses buquês de violetas."

Bazinger pagou. Está me fazendo a gracinha de uma visita guiada pela cidade, pensava Hans Bielenberg, e sinto os joelhos bambos de puro pânico diante dessa viúva que está cada vez mais próxima. E eis que ele cheira as violetas.

"Você me pintou um quadro tão vivo do casal Féval e da casa deles na place des Vosges, que tenho a impressão de já conhecê-los... E seu amigo Louis Deharme, desculpe, mas garanto que se fosse vivo estaria com De Gaulle em Londres..."

"Louis está morto, tinha horror a política e não gostava da Inglaterra."

"Você sabe muito bem que na maioria das vezes não somos nós que vamos procurar a política... É ela que nos procura. E até mesmo de forma muito ativa, como nestes tempos de hoje. Por exemplo, você tem certeza de que os seus amigos Féval..."

"Os Féval, não sei de nada", cortou Karl Bazinger. "Mas sei muito bem, por exemplo, que Macha Trubetskoi cuidava dos republicanos espanhóis. Ela mesma me contou. Assim, quando no início da ocupação houve um desagradável incidente na sua clínica, dei cobertura a ela. Hoje não faria isso. Aliás, ela não precisa. O irmão tem conhecidos na Gestapo. Casou-se com uma alemã que trabalha nos serviços auxiliares da Wehrmacht. *Persona grata*. Mais que eu, é claro... Fui convidado para o casamento... não fui... tanta gente que não agüento nem ver."

Algo se acendeu na cabeça de Hans Bielenberg: Macha, o irmão, serviços auxiliares da Wehrmacht, Gestapo!

"Em seu lugar, eu desconfiaria..."

"Eu desconfio, Hans. Por isso é que também acho que chegou a hora de dar no pé. Esta noite será um jantar de despedida."

"Com toda a burocracia, você se arrisca a ficar aqui ainda alguns meses."

"Não, Hans! Ir para a frente de batalha, e rápido! Von Stülpnagel vai me arranjar isso em poucos dias."

Caía a noite suavemente. Eles desciam uma escada. Num patamar havia uma árvore, uma acácia; mais embaixo, uma fonte. Depois, um poste já aceso. Karl precedia o amigo. "Jantar de despedida", pensava Hans, "agradável jantar de despedida..." Em toda a sua vida, mesmo quando o haviam espancado naquele bunker, nunca ele sentira a premonição de uma ratoeira invisível. "Pare com isso, não é hora: ou volto para Berlim com outra mensagem cifrada, ou é o fim."

Karl ia subindo os degraus, as mãos nos bolsos. Hans ajeitava a nuca, bronzeada. Como seria ele mesmo, visto de costas? Eis uma coisa que jamais saberia. Apertou a ampola, dentro do bolso. "Não há nenhum indício de que Karl esteja ligado a essas coisas. Ele não tem nada a ver com isso, e por minha causa poderia ter mais aborrecimentos ainda."

"Agora estamos pertinho", diz Karl, voltando-se. "Mais acima, é o Bateau Lavoir. Picasso vivia ali no início do século."

"Ele ainda mora em Paris?"

"Ainda. No Quai des Grands-Augustins."

"Voce esteve lá?"

"No ateliê, sim, às vezes vou lá."

Hans alcançou o amigo:

"Você acha que ainda vamos cortar grama juntos?"

"Acho. E brigar também."

Já não era Paris, nem um pouco. À direita havia uma rua estreita, de paralelepípedos, sem calçada.

"Chegamos", diz Karl.

Eram oito e meia. O La Veuve Simone era uma verdadeira casa, não tinha nada de um lugar público. Piso vermelho, cortininhas nas janelas, tapete, um gato. No fundo, Rémy Féval e Marguerite já estavam instalados.

"Estamos atrasados, mil desculpas!", diz Karl. "Este é meu amigo e vizinho Hans Bielenberg. Caiu de pára-quedas em Paris, por vinte e quatro horas. Eu o fiz dar uma voltinha para vir aqui, assim a viagem-relâmpago terá alguma razão de ser: ele terá visto a minha Paris."

Hans olhou para o casal, que esvaziava calmamente uma garrafa de *bordeaux*. Marguerite fumava. A mão, grande, coberta de anéis. Blusa de seda branca, pérolas. Ela e ele, esse casal tinha um ar de família. Bem-arrumados, os dois, mas sem exageros. Uma energia boa emanava deles, é verdade. Hans se lembrou da expressão de Karl — energia boa — quando lhe falara do casal Féval e da impressão que tinham causado nele. Hans tomou um copo de vinho, comeu umas azeitonas, sentiu-se melhor. Havia entre aquelas paredes um ambiente incrivelmente sereno.

Karl foi cumprimentar algumas pessoas que acabavam de se sentar à mesa, um pouco adiante.

"Onde aprendeu um francês tão bom?"

Marguerite se dirigia a Hans.

"Minha mulher é meio francesa. A mãe dela é de Bordeaux."

"Como se chama sua mulher?"

"Elisa", disse Bielenberg com tamanha ternura que por pouco Marguerite não o beija. "O sobrenome de solteira da mãe dela é Bouvier."

"Rémy, lembra-se de Monique Bouvier?"

"Não."

"Ora essa, aquela senhora que usava uns chapéus muito engraçados da Chanel. Você a cortejava."

"Cortejo todas as mulheres", disse Rémy.

"Mas acorde! Foi nas férias em Honfleur, tomávamos chá juntos, o marido dela usava uma peruca… Ora, Rémy, será que você está ficando senil? Você até fez o retrato dela!"

"Não lembro. Perdi-a. Uma mulher perdida são dez perdidas!"

"Nunca vi a mãe de Elisa", diz Hans, que começava enfim a se divertir. "Quando nos casamos ela já tinha morrido. Não se chamava Monique, mas Cécile."

"Aqui nada pode me acontecer", pensa Hans Bielenberg. "Que sorte ter essas pessoas ao meu redor." Declara com absoluta franqueza:

"Estou com fome."

"Não vai demorar", diz Rémy. "Está tudo pronto. Esperamos a doutora. A clínica fica em Bourg-la-Reine, no sul, do outro lado de Paris… Você volta quando?"

"Amanhã, bem cedinho."

"Como está a vida em Berlim?", pergunta Marguerite.

"Racionada", diz Hans.

"Como aqui?"

"Pão *ersatz*, café *ersatz*", Hans se animava. "Minha mulher diz que a guerra só vai terminar quando a Europa comer todos os seus ratos, e nós, alemães, os nossos *Ratten ersatz*."

"É um prognóstico preciso", diz Rémy. "E encorajador: sua mulher vê um fim para essa guerra!"

"Rémy!"

"Rémy o quê?"

"Vejo que Rémy está sendo repreendido", diz Karl Bazinger, voltando para a mesa dos amigos.

"E você, Karl, está com uma aparência muito risonha", diz Marguerite, "aposto que Jean acaba de lhe contar mais uma fofoca."

"Não. Ele aventava uma hipótese sobre o papel da senhora De Staël no futuro da Alemanha."

"O que foi que ela fez no país de vocês, a nossa senhora De Staël?"

"Segundo Jean, somos uma nação de trabalhadores ferrenhos, que só pensam em sua caneca de cerveja e em tocar flauta. A senhora De Staël chega, revela aos alemães quem eles são. Meus compatriotas se lançam nos negócios e na conquista pacífica do mundo. A Inglaterra se zanga. É então que eles ficam ferozes."

"Ferozes, quem?", pergunta Rémy.

"Ora, Rémy, os trabalhadores! Quero lembrar, Karl, que seu amigo está com fome", diz Marguerite.

"Em sua companhia, senhora, posso esperar uma apreciável eternidade", diz Hans Bielenberg.

Esse homem não desagradava a Marguerite. Um pouco tenso ao chegar, um pouco crispado, mas agora parecia encantador. Deve ser inebriante afogar-se naqueles olhos escuros, e naquelas mãos, feitas para roçar. Ele deve ser mais moço que Karl. Havia esse magnetismo em Louis. Sim, esse alemão lhe lembrava Louis Deharme.

"Macha vem, tem certeza?", pergunta Karl Bazinger.

"Ela telefonou. Estamos esperando."

A dona do lugar apareceu. De onde lhe vinha esse nome de "viúva"? Ainda era jovem, usava um avental de linho, comprido, branco, que nela até parecia um vestido de baile. A voz, o jeito, o olhar, tudo indicava que era uma mulher amada.

"Desculpem", disse a viúva, "a filhinha de Marisette anda doente, estou sozinha, esta noite, no 'piano'. Temos uma *estouffade de joues de veau aux herbes du midi*. Alcachofras, alho-poró ao vinagrete, salada de dente-de-leão. Para terminar, *crème brûlée*."

"Simone", diz Karl Bazinger, "apresento-lhe um amigo muito querido, Hans Bielenberg! Ele é meu vizinho, no nosso vilarejo."

"E está com fome", acrescenta Marguerite, "pois está farto de *ersatz*."

"Nada menos *ersatz* do que os dentes-de-leão", diz a viúva... "Salvei duas garrafas desse *pauillac* — aponta para a garrafa de *bordeaux*, que Marguerite e Rémy tinham tomado quase toda — para vocês."

"Hoje é dia de festa, minha Simone", diz Bazinger.

Pegou a mão dela e beijou longamente.

"Conte de novo essa história de céu azul, minha querida inútil! Sua canção agradará a meus ouvidos!"

"Toda vez que jantamos aqui", diz Marguerite, "Karl presenteia Simone com um verso. Da última vez foi Mallarmé: 'Estou obcecado, o azul, o azul, o azul, o azul'. Fantástico!"

"Um pouco de paciência", diz a viúva, "estou vendo que o senhor Jean está me chamando... Sim, sim, já vou!"

Ela era de uma magreza irreal, e seria o caso de perguntar onde cabiam o coração, o pâncreas, e tudo o mais. Parece um caule de anêmona, com sapatinhos de Cinderela, de saltinhos dourados. Curiosa viúva, pensava Hans Bielenberg, como é que sabe alimentar os outros?

* * *

Ela dava um pouco de atenção ao trio masculino com quem Karl Bazinger acabava de bater um papo. O que se chamava Jean tinha uma cabeça de ave de rapina. Um feixe de nervos, de olhar azul. Ao lado dele, bem perto, havia um rapaz de ombros atléticos dentro de um pulôver preto bem justo, de gola rulê. Ele era pelo menos vinte centímetros mais alto que os outros e parecia filho de algum deles. A viúva beijou os três homens.

Outros clientes chegavam: duas mulheres de penteados estranhos, maquiadas artisticamente, e um homem de semblante majestoso, enrolado numa capa branca. Atores, sem dúvida. Macha Trubetskoi estava demorando.

"Simone é realmente viúva?", pergunta Bielenberg.

"Ela nunca foi casada", diz Marguerite. "Há alguns anos, era modelo de Jean Patou. Cansou-se do assédio dos admiradores. Um de seus tios tem uma imensa fazenda perto de Etampes, por isso ela tem como nos servir coisas boas. Foi Jean", ela fez um gesto em direção da ave de rapina, "que teve a idéia de chamar o restaurante de La Veuve Simone. Nem ele sabe por quê."

A porta se abriu de novo, e da cortina de veludo da entrada surgiu a doutora. Uma capa de chuva, uma cesta, e um rosto de anjo preocupado.

"Faz três horas que saí da clínica. Na linha Porte de Clignancourt fomos brindados com uma batida policial dos milicianos. Mandaram descer dos trens. Quis sair do metrô, todas as portas estavam bloqueadas. Foi preciso esperar mais de uma hora até o trem partir."

"Boa noite, doutora!", disse Simone, que passava depressa para a cozinha.

Macha Trubetskoi cruzou o olhar de Hans Bielenberg:
"Boa noite, Simone."

Nada de mal lhe acontecerá esta noite, você está protegido..., dizia-lhe uma voz que vinha do fundo do seu ser.

A proteção se apresentou sob a forma de um pote de geléia enrolado numa folha de lista telefônica. Macha Trubetskoi o tirou da cesta, no fim da refeição, e mais dois outros potes, destinados aos Féval e a Karl.

"Meus pacientes me cobrem de presentes", Macha suspirou. "Os russos costumam dar presentes a toda hora."

A acuidade de observação típica dos perseguidos fez Bielenberg perceber na mesma hora que seu pote de geléia estava enrolado numa folha limpa, lisa, ao passo que os dois outros estavam enrolados em folhas amarrotadas.

Ao entrar no quarto, no Hotel Raphael, abriu a página da lista telefônica e viu que algumas letras estavam sublinhadas. Ele não voltaria para Berlim de mãos vazias.

O ELBA

O Paris–Berlim entrou na estação. Karl Bazinger estava em pé, na janela do vagão. Na plataforma, fardas verde-acinzentadas. O majestoso drapeado das bandeiras com a suástica, aranha negra contra fundo vermelho. Os alto-falantes tocavam Wagner. E haja controle! O primeiro, na porta do vagão. O segundo, vinte metros adiante, na entrada de um corredor, com correntes de ferro e sentinelas enfileiradas, metralhadora na mão. Por último, uma sala, outrora a da alfândega, onde era preciso sentar e apresentar a papelada. O soldado nazista percorria uma lista, marcava, olhava bem a foto, examinava um por um os documentos. Carimbo. *Heil Hitler!* Só então se entrava no próprio país.

Em casa, em Schansengof, Karl não reconhece tudo. Na entrada da propriedade, o gramado emoldurado de tílias, que ele gostava de aparar, está asfaltado, como uma esplanada na cidade. Num depósito perto da cozinha, a lenha cortada empilhada em fileiras perfeitas. A cerca de lilases foi decapitada a meia altura. E as flores, suas flores duradouras, que Karl escolhera na última primavera com os horticultores dos arredores de Leipzig, foram arrancadas, não resta nada. Loremarie lhe conta:

"Nossa fazenda virou uma empresa que deve contribuir para o esforço de guerra. O Gauleiter impôs que fizéssemos uma criação de galinhas e plantássemos quarenta hectares de beterrabas e aveia, além dos nossos vinte hectares de trigo e batata. Nossos empregados, Kurt e Thomas, foram convocados. Estão no front. Para o lugar deles foram indicadas jovens prisioneiras ucranianas, entre dezesseis e vinte anos, tendo à frente um chefe de equipe, Tarass Dubenko, ucraniano como elas. Essas moças são de Poltava, ao sul de Kharkov. Tarass conhece as famílias. É como um pai para elas. Atento, desembaraçado. E como odeia os comunistas! Como odeia os comissários deles!

"Ele entende de cavalos. Em casa, na Ucrânia, ele trabalhava numa criação de puros-sangues de exportação. Estamos esperando a entrega de quatro jumentos vindos de lá. Vamos pô-los para trabalhar: não é hora de desperdiçar gasolina. Este ano teremos nossa primeira colheita de beterrabas. Está faltando açúcar. Você está me escutando, Karl?"

"Sim, Lo, estou escutando. Está faltando açúcar na Alemanha."

Karl e a mulher estão no sótão. Vigas de carvalho, livros por todo lado, seu refúgio quando está em Schansengof. Tomam chá. Loremarie fala das despesas decorrentes da presença da equipe ucraniana, incluindo Tarass. Os estábulos foram convertidos em quartos para as moças. Construíram às pressas estrebarias para os jumentos.

"Essas ucranianas são muito limpas. Tarass toma conta. Escolhi uma delas para trabalhar conosco. Chama-se Larissa. Estava no segundo ano de filologia no Instituto Pedagógico de Poltava. Ela ajuda Martha na cozinha, limpa a casa. Imagine que ela toca piano! Mozart, Beethoven. A mãe é professora de música por lá. Acho surpreendente."

"O que a surpreende, Lo?"

"Que essa moça seja tão bem-educada, ora essa! Que toque piano, que fale nossa língua!..."

"E que façamos guerra contra eles?"

"Não! Não foi isso que eu quis dizer! Você não está entendendo, Karl!"

"Estou exausto, Lo, desculpe. Falaremos disso mais tarde, está bem? Agora vou tirar um cochilo..."

O janelão envidraçado do sótão dá para os campos e bosques. Plano, tudo aquilo, muito plano. Dá para andar muito por essas planícies. Dá para ir andando até a Ucrânia. O pequeno bosque à esquerda é de propriedade dos Bielenberg. Daqui não se enxerga a casa deles, uma estranha construção de vidro, concebida por Elisa, mulher de Hans. A casa é mergulhada no verde. Verde, cacos de vidro verde, cianureto. Cianureto que envenena os pensamentos de Karl Bazinger desde que ele achou a ampola no terno emprestado a Hans.

Pouco depois da visita-relâmpago de Bielenberg a Paris, Karl teve uma crise de hepatite. Foi hospitalizado em Vaucresson, numa clínica da Wehrmacht. Chegou a ordem de sua transferência para o front do Leste: departamento de informações do exército, seção de países estrangeiros, informação e propaganda do Reich. Precisa sair de Paris o quanto antes. Tem apenas três semanas antes de chegar a Kiev. Deve passar uma em Berlim: um estágio, exigência de seu novo posto. Ei-lo no Berkeley preparando a bagagem. Tira da capa o famoso terno, alguma coisa cai no chão e se quebra. Um cheiro horroroso enche o banheiro, onde estava a mala. Karl reconhece aquele cheiro forte de amêndoa: cianureto. O terno tinha sido devolvido a Karl por um porteiro do hotel, no dia seguinte ao jantar no La Veuve Simone, bem cedinho, dentro de uma capa. Desde então Karl não mexera nele. A ampola é de Hans, não há dúvida, e ele devia ter enfiado no bolso do terno antes de ir para o restaurante. O que fazia esse cianureto ali, no bolso do terno de Karl?

Bazinger passava e repassava os detalhes daquele jantar em Montmartre, o último no La Veuve Simone. As garrafas de *pauillac*, os dentes-de-leão, a *estouffade*. Lá estava Jean com toda a família: o outro Jean, Jeannot, um jovem ator belíssimo, e Apel·les, um refugiado da Catalunha, que os dois Jeans abrigavam na água-furtada de sua casa, na place Vendôme. Num armário de cozinha, Apel·les, que era escultor, guardava suas figuras de terracota e bronze. Maravilhas. "Confesse", um dia Karl soprou ao ouvido de Apel·les, quando estavam no corredor que ia da cozinha ao salão, "confesse que não foram suas mãos que fizeram isso. Mensageiros do além vêm visitá-lo às escondidas, e as entregam a você, que apenas ajeita..."

Ultimamente Karl via a família dos Jeans quase tanto quanto os Féval da place des Vosges, e com o mesmo prazer. Na casa deles se esquecia a guerra. Às vezes Karl ficava devaneando com miragens. Paris sem os Panzers, sem as fardas. Karl, um amigo, simplesmente. Na última visita aos Jeans, ele apertou o botão de um elevador antediluviano e chegou à mansarda. Levava na mão um envelope com dinheiro.

"Você e suas gentilezas, Karl", disse-lhe o mais velho dos Jeans... "Me dê esse envelope e escolha. Apel·les ficará felicíssimo. E você não fará um mau negócio. Daqui a vinte anos essas coisas valerão uma fortuna. Mas por ora ele não tem um tostão. Só atrai os passarinhos, o nosso Apel·les. Basta que entre no quarto, e uma multidão de tudo o que voa chega à sua sacada: pardais, pombos. Os vizinhos se queixam."

Como tudo isso está longe: a mansarda dos Jeans, as partidas de xadrez com Apel·les... Karl guarda o pequeno bronze perto de si como uma relíquia, tudo o que lhe resta daquela Paris de céu malva.

No jantar no La Veuve Simone, a presença dos Jeans foi um acaso. O único. O resto, no entender de Karl Bazinger, hoje, foi um encadeamento de manobras bem organizadas, cujo indutor involuntário foi ele mesmo. Tinha sido tapeado. Mas com que objetivo? Sem a fatídica ampola, os acontecimentos daquele dia pareceriam insignificantes. Por exemplo, o que fez Hans chegar de improviso, numa quarta-feira, justamente no dia de folga de Karl? O que fez que estivesse entre os convivas daquele jantar no La Veuve Simone? Ou o que significava a alusão de Hans ao fato de ter passado, naquele dia, na livraria de Philippe Bannier? Uma livraria sem letreiro na porta, numa sobreloja, conhecida de alguns bibliófilos? Pelo que Karl sabe, nenhum alemão jamais pisou ali. E eis que o nosso Hans, de farda da Luftwaffe, a pretexto de encontrar um presente de aniversário para a mulher, vai parar lá. Karl se lembrou de sua última conversa com o coronel Oswer, do serviço de segurança: ele não tinha feito alusão a essa livraria, e também à casa de saúde de Macha Trubetskoi, em Bourg-la-Reine? E Macha não chegou ao La Veuve Simone como uma senhora fina, carregando sua cesta? E Hans, que durante toda a noite encantou aquele mundinho e no final foi gratificado com um pote de geléia enrolado em papel-jornal, ou melhor, em páginas arrancadas da lista telefônica? Karl se lembrava com exatidão: as páginas do seu pote eram as da letra S.

Sim, desde a descoberta da ampola Karl anda obcecado com todos os detalhes daquela quarta-feira, 4 de abril. Está zangado com Hans, está zangado com os Féval, com a doutora, está zangado até mesmo com aqueles dias que passou em Paris. A sua Paris, hoje emporcalhada, espoliada. Ninho de víboras, balaio de mentiras. Nesse momento, chega a ele um canto, vindo de longe. Uma polifonia de vozes jovens. Um cântico de igreja? Karl já não sabe se essas vozes são vozes do seu sono ou se vêm de fora.

Faz meia hora que Loremarie fechou a porta do sótão. Karl chama o sótão de "quarto de outono". É o seu lugar. Seu refúgio. O pai de Karl o chamava de "meu filho do outono", porque ele nasceu no dia 14 de outubro.

O "filho do outono" está exausto, pensou Loremarie ao fechar a porta. Nunca o vira assim, nem mesmo quando voltava da África com a bagagem de praxe: malária, desnutrição, desidratação. Suas convalescenças eram para ele uma fase de euforia. Comia com apetite de leão, tomava vinho com entusiasmo. Não parava quieto, podando as árvores, cuidando das colméias, percorrendo os bosques. À noite, por vezes, ia pescar com os empregados, Kurt e Thomas. Truta, brema, lagostim. Agora Kurt e Thomas estão no front, perto de Smolensk. Pelas últimas notícias, sãos e salvos. O que não é o caso do filho mais velho de Frau Martha, a empregada. Esse voltou de Smolensk sem as duas pernas. "O que fizemos com eles, eles nos farão cinco vezes pior...", ele não pára de repetir de manhã à noite. Exibe sua dor a todos: às crianças, ao carteiro, à leiteira. Gardenal, morfina, nada adianta. Frau Martha tenta ver se é possível colocar o filho num estabelecimento. Loremarie aceitaria pedir o apoio de Karl? Mas é de seu próprio filho — Werner, dezenove anos, aluno da escola da aeronáutica perto de Berlim — que Loremarie quer falar. Essa noite mesmo, no jantar.

"Werner está com problemas. Há um relatório sobre ele e seus colegas. Comentaram certas coisas no refeitório da escola."

"Que tipo de coisas?"

"Ora, Karl, não há tantas coisas assim... Não vi o relatório. Sei que ele existe e que está dando o que falar. Também sei quem incita esses meninos. Eles têm um instrutor na escola, um certo Heinrich Sayn-Wittgenstein, capaz de abater seis bombardeiros inimigos em meia hora. Uma estrela. Todos os jornais falam dele. Chegou aos diamantes, nas condecorações. Entregues pessoalmente pelo Führer."

"Um herói, esse Sayn, como é mesmo? Wittgenstein?"

"Uma estrela, estou lhe dizendo... Um *star*. Acha que pode tudo. E os meninos tremem de êxtase diante dele. E o que você acha que ele ensina? Explica como fazer para atingir o avião inimigo de modo que a tripulação consiga escapar."

"Eles conseguem mesmo escapar?"

"Karl, não é essa a questão! Você nem imagina as idéias que ele põe na cabeça dos garotos! O que os encoraja a fazer! Para ele, tudo é permitido, evidentemente. Mas não para seus alunos... Falei com meio mundo para abafar esse caso, o relatório... Dei até uma palavrinha com Paul, e você sabe que não gosto de ir vê-lo."

"Por que não me disse nada antes, Lo?"

"E a censura, Karl? Em que mundo você vive?"

Karl percebe que não há ninguém, esta noite, para servir o jantar. Loremarie previu tudo: estão a sós. Ela foi colher ramos de lilases-da-pérsia, brancos. Em Schansengof é a época dos lilases. Karl já teve oportunidade de ver lilases, nos primeiros dias de maio, em Saint-Jean-aux-Bois, na casa dos Féval. Nessa noite, os lilases lhe dão enjôo, assim como a truta com amêndoas. Karl mal prova as cenouras e os petit-pois da horta. Loremarie se cala. Está prestes a chorar. Karl percebe. As lágrimas não são seu gênero. Até mesmo quando conheceu Karl, bem mocinha, Loremarie já era adulta. De uma família de barões bálticos, quis ir para a Saxônia, região natal de seu marido, para comprar com o dote essa fazenda e as terras ao redor, cuidar delas e criar os dois filhos. Nunca uma palavra mais áspera sobre as ausências do marido. E Deus sabe como Karl vivia ausente, até mesmo quando não estava em missão militar. Nunca posou de esposa abandonada. Fazia tudo para mostrar que era por opção que não acompanhava o marido ao Cairo, à China ou a qualquer lugar. Para Karl, Loremarie era um ponto de fuga, um refúgio, era isso. E eis que o refúgio começa a chorar.

"Vou passar um bom sabão no nosso Werner, esteja certa, Lo. Assim que chegar a Berlim, vou falar com ele. E ele nunca mais vai esquecer!"

"Que ele não saiba controlar a língua é uma coisa. Mas o pior é que não tem convicções. Ele flutua."

"E o que diz Paul?"

"Paul telefonou assim que recebeu minha carta. Disse que ia fazer todo o possível para que não se levasse adiante esse relatório. Fui a Berlim na semana passada, estive com Werner. Ele alega não ter dito nem uma palavra errada. Estava no refeitório com os amigos. Deve ter sido uma garçonete que quis se mostrar zelosa."

"Ou um dos amigos, para fazer bonito."

"Também é possível. Você não está comendo a truta?"

"Não. Desde essa crise de hepatite certas coisas não descem mais."

"Prefere um patê?"

"Patê de quê?"

"De lebre."

"Não, obrigado. A truta está boa, mas não desce, sabe."

Karl deu um sorriso de desculpas. Ah, seu sorriso de "filho do outono"! Era o que ele tinha de melhor.

"Não volto para Paris, Lo", o sorriso continuava, "acabo de receber minha nomeação para o front do Leste. Daqui a três semanas estarei em Kiev."

"Werner deve partir para o leste daqui a seis meses."

Karl tocou na mão da mulher, sobre a toalha branca.

"Como vão os Bielenberg?"

Loremarie levou as mãos aos olhos. Sua voz tremia.

"Preciso estar um pouco preparada, afinal, Karl!"

"Minha querida Lo, acabo de receber a notícia, não esperava, é tão recente... Os Bielenberg, quais são as notícias deles?"

"Mal os vejo. A última vez que vi Hans foi na Páscoa. Ele me entregou um caixote, mandado por você. Disse que o tinha visto em Paris, que você estava bem. Foi antes da sua hepatite..."

"E Elisa?"

"Encontrou trabalho. No Ministério das Relações Exteriores. Está encarregada de fazer a triagem da imprensa francesa, e sobretudo da anglo-saxônica... Ultimamente se sentia meio inútil. Foi o que me disse. Hans, cada dia mais ausente. Pouco aparecia, nem mesmo no fim de semana. Agora é uma amiga de infância de Elisa que mora na casa ao lado. Ela vem de Hamburgo. Parece que está com problemas com os documentos: teriam sido roubados, ou ela os perdeu. Acho que é judia, que escapou da deportação. Houve uma *razzia* recentemente em Hamburgo. Elisa tinha me falado, um pouco antes de sua amiga vir morar aqui."

"Quem está sabendo disso, além de você?"

"Ninguém, creio. Não a vêem no vilarejo. Ela praticamente não sai... É uma infração, Karl. Uma violação às leis raciais."

"O que Elisa acha?"

"Elisa não me disse que a amiga é judia. Só me contou essa história dos documentos."

"Como você sabe que ela é judia?"

"Eu a vi. Elisa me apresentou."

"Eles vivem sobre um vulcão, esses Bielenberg", diz Karl.

"Sobre um vulcão, pois é, e nós também... No início do ano houve um grande escândalo no internato de Peter. O jornal local falou muito. Sabe quem é Görner?"

"O veterinário?"

"Nosso veterinário, sim. Ele tem um filho adotivo, Hermann. Sete anos e meio, como o nosso Peter. Estava na mesma classe de Peter. Descobriu-se que essa criança adotiva é meio judia. Görner foi acusado de ter violado as leis raciais, e o que disse o jornal foi mais ou menos que se Görner quisesse tolerar um bastardo, era problema dele, mas que era absolutamente inadmissível que fizesse uma escola alemã suportar essa carga. E que não era possível impor aos alunos alemães a obrigação de se sentar ao lado de um judeuzinho."

"O pequeno Hermann foi tirado da escola..."

"E tem mais! Hermann e Peter ficaram muito amigos. Inseparáveis. Volta e meia Görner deixava o filho na nossa casa, no fim de semana, as crianças brincavam juntas."

"E Hermann não vem mais?"

"Não."

"E o que diz Peter?"

"Você verá. Ele vai lhe falar, eu acho. É bom que você tenha chegado bem no início das férias de verão. Ele estava esperando, Karl, ele estava esperando. Sente muito a sua falta, você sabe."

No dia seguinte, Karl foi buscar o filho no internato. Loremarie protestava:

"Você precisa descansar, Karl. Deixe que eu vou com Tarass. Ele me levará no cabriolé."

A escola ficava a vinte e cinco quilômetros da propriedade. Karl gostava de conduzir o cavalo. Queria ficar a sós com o filho no caminho de volta.

Quando chegou ao internato, reconheceu no vestíbulo a grande escadaria de pedra branca. Foi nessa escola que estudou também o filho mais velho, Werner. Mas há novidades: um retrato do Führer ergue-se do chão ao teto, no alto da escada. O Führer de farda marrom, com o olhar fixo no horizonte, a mão no cinturão. Os garotos descem, de olhos baixos, todos vestidos igual, de escuro. Karl não teve tempo de ver que há outra sala, lateral, onde os pais devem esperar os filhos, e que ele está sozinho ali, no início da escada. Peter pula em seu pescoço, com um sufocado "Papai, papai", e Karl o levanta, aperta seu corpo confiante contra si. As outras crianças os rodeiam. Uma algazarra dos diabos. Mãos que se estendem, tocam, gritam: "O pai dele! Um capitão! Uma condecoração! É a Cruz de Guerra! Meu pai é cabo!... Está no front de Leningrado... O meu está na África, é da artilharia...". Uma voz forte de homem abafa a algazarra. Karl se vê diante de Herr Büchner, o professor, com quem conversara mais de uma vez quando Werner estudava ali. Não faz muito tempo. Uns dez anos. Karl se desmancha em desculpas.

"Seja bem-vindo, Herr Bazinger, encantado em vê-lo. Venha à minha sala. Peter vai esperar um momentinho. Não é, Peter?"

Na sala, o professor foi direto ao assunto.

"O seu caçula me preocupa. A sua mulher deve ter lhe dito... Esse incidente com o pequeno Hermann é dos mais desagradáveis... Peter se afeiçoou muito a ele... Seu filho continua a estudar bem. Mas não brinca mais com os outros no recreio. Fica isolado. O senhor sabe como são essas coisas: amigo de um judeu, ele virou o bode expiatório dos outros, sobretudo dos maiores. Estuda tão bem que mereceria o prêmio de excelência neste fim de ano. Mas no conselho de professores todos os meus colegas votaram contra. Sinto muito... Só o senhor, Herr Bazinger, pode fazer alguma coisa..."

"Farei", Karl se pega dizendo. "Estou aqui para isso... E o pequeno Hermann Görner, que fim levou?"

"Quando houve esse incidente, a senhora Görner já estava doente. Um câncer. Morreu pouco depois. Nesse meio-tempo, o marido foi convocado."

"E a criança?"

"Está num orfanato perto de Leipzig, com as freiras."

"Ainda existem na Alemanha esses lares de religiosas?"

"É de crer que sim."

"Como vai sua esposa?", perguntou Karl.

"Como todo mundo hoje. Nossos dois filhos estão na frente de batalha. O terceiro, o mais velho, está desaparecido. Foi no ano passado, em janeiro, perto de Moscou... E o seu Werner? Sempre impetuoso?"

"Sempre. Breve será piloto e vai ser transferido para a Rússia. É lá que tudo acontece, agora."

"Meus cumprimentos à sua mulher", diz o professor Büchner ao se levantar.

A primeira semana de licença chegava ao fim. Os dias avançavam suavemente, como na infância. Karl os passava sobretudo em passeios, sozinho com o filho, pelos bosques e campos. O céu era de um azul-claro pulverizado, efeito do calor. As clareiras estavam consteladas de vermelho: eram os pequenos morangos silvestres que eles colhiam em cestas. Karl descobria o filho. Não o via desde junho de 1941, sua última licença. Achou-o mudado, a ponto de adivinhar como seria seu rosto quando chegasse aos trinta anos. Tinha os cabelos pretos da mãe, e os olhos verdes também eram os de Loremarie.

À tarde, vez por outra eles paravam na beira de um riacho. As folhas das faias de pecíolos miúdos cintilavam ao menor sopro. Eles se banhavam. Karl ensinava ao filho o nado de peito, o verdadeiro. O que lhe foi ensinado por Louis Deharme na Índia, no Ganges. "É no instante em que o seu corpo está recolhido, no ponto morto, que você toma impulso para a frente", dizia Karl, decompondo os movimentos. Contou a ele como era Toulouse, e o deserto da Líbia, e como Louis Deharme o resgatara com seu quadrimotor.

"Papai, nós iremos a Toulouse? É longe, Toulouse? Longe como a Índia?"

"Não, Toulouse é muito mais perto. Fica no sul da Europa, no nosso continente. A Índia fica na Ásia."

"É verdade que os ciganos comem os ouriços, e que quando se ferem se curam com o próprio xixi?"

"Os ciganos? Onde você viu ciganos, na Saxônia?"

"Não há mais, é verdade, mas havia. E estiveram aqui. Ajudavam Kurt e Thomas na colheita das batatas."

"Quem lhe disse que os ciganos comem ouriços?"

"Thomas. Então é verdade?"

"É possível", diz Karl. "Na nossa terra comemos os pés dos porquinhos."

"Os ouriços são tão bonitinhos."

"Os porquinhos também."

Na volta desses passeios, passavam perto da propriedade dos Bielenberg, composta por duas casas, em meio a um bosque de pinheiros. Uma delas, uma casa de fazenda, como a maioria das casas na Saxônia, eles haviam conservado tal e qual. A outra era uma antiga granja. No ano em que se casaram, 1935, Elisa tivera a idéia de transformá-la. Foi em 1935 que Karl passou sua temporada mais longa em Schansengof, depois daquela história mirabolante do seqüestro. Hans Bielenberg, embora recém-casado, continuava a levar uma vida boêmia em Berlim. Elisa se ocupava dos trabalhos de arquitetura. Karl deu seus palpites. "Vi em sonho, disse-lhe Elisa, uma casa em que os pinheiros entravam, como se estivessem em seu próprio lar..." Não era fácil realizar o projeto: problemas de estabilidade, isolamento, estruturas estanques. Era preciso tirar o barro das vigas que escoravam as paredes, colocar vidraças duplas nas janelas. Um artesão da terra se apaixonou pelo projeto. Ficou uma estranha construção, com três paredes transparentes, e a quarta, de alvenaria, com a porta de entrada. Tudo isso coroado por um telhado de colmo. O espaço era um só. Um grande vão banhado de luz, com um jogo de cortinas de algodão. No meio se erguiam, a certa distância uma da outra, lembrando colunas, três estufas de louça, igualmente obra de Elisa.

Desde essa época Karl gostava de estar na companhia da jovem mulher. Ele a iniciara na mística do Oriente, lhe emprestava livros sobre a sabedoria tibetana — Milarepa, Marpa — e as últimas traduções em alemão de Frazer, cujas conferências Karl havia acompanhado no final dos anos 20, em Cambridge.

Como nessa época Loremarie estava totalmente dedicada a seu bebê, Peter, era com Werner — então com doze anos — que Karl ia à "casa de vidro" recém-construída. Alguns pinheiros ao redor tinham sido abatidos, e abriu-se um caminho para permitir o acesso de automóveis. Uma cerca de álamos agora escondia a vista da "casa de vidro". Vidro, vidro quebrado, cianureto, o retorno da obsessão. Mas aquela casa atraía Karl.

Ao cair do dia, com os cabelos ainda úmidos do banho, Karl e o filho pararam diante da cerca de álamos.

"Vou lhe contar um segredo. Um segredo de verdade, Peter. Elisa tem uma amiga. Ela é judia. Como Hermann, entende? Ela é obrigada a se esconder. Tem medo. Tem medo de todo mundo, até de nós."

"Mas eu a vi, é a amiga da tia Elisa! Um dia mamãe e eu fomos ver tia Elisa e a moça estava lá. Foi no feriado da Páscoa. Ela é muito bonita, tem o cabelo todo cacheado. Mas agora eles foram embora: tia Elisa, tio Hans e a moça. Estão em Berlim. A moça não está mais aqui."

"Não, Peter, ela não foi embora. Não pode ir. Seria muito perigoso para ela, que não tem documentos. Ela se esconde. Então, olhe, é o seguinte: você vai lá devagarinho, põe diante da porta a sua cesta de morangos, e olha bem pelas janelas das duas casas para ver se avista alguém."

"E você?"

"Ela não me conhece. De mim, é possível que tenha medo. Mas você, ela conhece."

"E se ela falar comigo?"

"Você diz que seu pai está de volta e gostaria de vê-la. E pergunta qual seria o melhor momento."

Pela cerca, Karl observa o filho. As janelas de madeira da velha casa de tijolos vermelhos estão fechadas, as cortinas das janelas da "casa de vidro" estão fechadas. Os melros que passeiam pela grama voam sem medo quando o garoto se aproxima com a cesta de morangos. Entre as duas casas, ergue-se um pé de siringa solitário no tapete de suas pétalas brancas caídas. Peter, com toda a seriedade de seus sete anos, rodeia as duas casas, volta, vai até a marquise da casa de tijolos vermelhos, gira a maçaneta, bate na porta, espera. Ninguém tem o direito de ir tão longe, pensa Karl, ninguém tem o direito... Tão longe, onde? Como se tudo o que nos acontecesse aqui não fosse apenas um delírio. Elisa está sabendo, sem nenhuma dúvida, ela é tão esperta... Karl a revê, encostada na escadaria da velha casa, sob a marquise envolta numa roseira de guirlandas vermelhas. Cai a noite. As mechas de seus cabelos claros escapam de um lenço. Nariz levemente arrebitado, lábios carnudos, saia xadrez, sandálias, meia soquete. Ela diz com sua voz profunda:

"Sem ele, Karl, eu não poderia ficar sozinha como estou agora. Essa é toda a diferença: antes dele, eu era sozinha de um modo; agora, de outro."

"E qual é melhor para você?"

"A solidão que divido com Hans. Não a trocaria por nada..."

Karl vê o filho rodear de novo a casa e voltar:

"Olhei até na entrada dos fundos. Não há ninguém... E se da próxima vez deixássemos ovos?"

"Vamos ver com os morangos. É o nosso cartão de visita."

À noite, depois do jantar, quando Peter foi dormir, já em seu quarto Karl comentou com a mulher o pouco que conseguiram ver na casa dos Bielenberg.

"Ela deve ter ido embora", diz Loremarie. "Era o melhor que tinha a fazer. A não ser que se esconda como um rato. Em todo caso, amanhã saberemos mais. Elisa deve estar aqui, em princípio, neste sábado, talvez até com Hans. E se eu telefonasse para eles?"

Desapareceu num quarto ao lado, voltou em seguida.

"Não responde... Tentei várias vezes. Ontem e anteontem. Chama normalmente, mas não respondem. Já que durante o dia ela está no trabalho, de noite deveria estar em casa, não acha?"

"Isso tudo a aborrece, Lo?"

"É claro que aborrece, Karl."

"Você tem as duplicatas das chaves?"

"Tenho."

"Vou lá! Quero tirar isso a limpo."

Havia um quilômetro a percorrer pelos campos. Era noite escura. O céu encoberto, o ar pesado, ia chover, sem a menor dúvida. Karl seguiu por um atalho, iluminando-o com a lanterna. Ao chegar à cerca dos álamos, viu que a casa de vidro estava mergulhada na escuridão. Mas a outra não: de uma janela, fitrava uma luz pelos postigos.

Antigamente, quando Karl ia à casa dos Bielenberg, era sobretudo na granja reformada que o recebiam. Assim como a casa de vidro era aberta, exposta, a outra tinha jeito de lar, de refúgio. Volta e meia os postigos das pequenas janelas ficavam fechados, verão e inverno: Elisa dizia gostar de trabalhar com abajures, e era ali que fazia suas traduções. Karl se lembrava do interior da casa na época em que ainda estava em obras, em 1935... Aquela luz numa das janelas era perturbadora. Karl desejava do fundo do coração que a amiga de Hamburgo não estivesse mais lá, que tivessem encontrado um jeito de tirá-la dali.

Subiu os degraus da escadaria. A cesta de morangos estava no mesmo lugar. Ele experimentou uma das chaves. Era essa. Ao abrir a porta, fez barulho, de propósito, e depois andou pela sala.

"Ó, de casa! Sou eu, Bazinger, amigo de Elisa!"

Nada se mexeu dentro da casa. Atrás da porta, diante da entrada, havia um corredor. Dos dois lados ficavam os três quartos. Todos no escuro. Ele encontrou uma lâmpada acesa no banheiro, era a única. "Ela se esqueceu de apagar, simplesmente", pensou Karl. Subiu ao sótão, só havia malas e caixas de livros. Voltou para a sala. Sobre uma mesa comprida de fazenda havia dois grandes abajures de cobre, idênticos, com cúpulas cor de laranja. Acendeu-os. Pilhas de livros, manuscritos, cadernos. Num vaso, um buquê de flores silvestres, murchas, dentro da água parada. Uma máquina de escrever Underwood, modelo recente, coberta por um xale persa: "Nossa, o meu presente": Karl reconheceu o tecido que um dia descobrira num mercado no Cairo. Ele estava passeando em companhia de Eloi Bey, que nesse dia parecia mais deslumbrante que nunca. Djelaba rosa bordada de pérolas, os olhos carregados de khol: em matéria de exotismo, ela não deixava por menos. Tinham almoçado a três, com Louis Deharme, antes que ele partisse para o Tibete, onde Karl devia encontrá-lo semanas depois. Louis os esperava perto de uma fonte.

Mecanicamente, Karl acariciou o xale sobre a máquina de escrever. Uma folha de papel voou para o chão. Um texto escrito a lápis.

Nossas duas noites, minha irmã, se prolongam no fundo de mim, calmas como a fatalidade. Você é uma mulher como nenhuma outra me foi dado tocar. E você é sempre para mim a menina com quem eu brincava nas ondas, à beira do Báltico. Há séculos, não é, meu amor? Lembra-se? Duas tranças, um vestido listrado, você ri, ri. Achei essa foto outro dia, no álbum de mamãe. Roubei-a e levei-a comigo. A única imagem que tenho de você, que posso tocar com meus dedos. Sabe o que foi para mim revê-la nessas duas noites? Uma promessa, um perdão. As palavras pulam, desculpe: passamos por uma zona de turbulência. Daqui a mais ou menos uma hora aterrissaremos às margens do Volkhov, um rio perto de Leningrado. É noite, uma noite branca. Meus colegas dormem. O piloto, que é um amigo, postará esta carta ao voltar de Königsberg. Assim, a mensagem não será lida por mais ninguém a não ser você. Eu ainda não lhe disse nada, Elisa. Só sei de uma coisa: para uma noite com você, sim, para uma noite que seja, saberei me conservar em vida. Frantz.

Elisa tem um amante, pensa Karl. Tal como a conheço, poderia, para enfrentar a adversidade, inventar algo melhor. A carta só pode ser recente, do mês de maio, no máximo. Ali se fala de noites brancas. As noites brancas, nessa região, começam no fim de maio. Recente, esse amante. Para completar, alguém da família. Seria até possível pensar que Hans tivera a idéia do suicídio em conseqüência desse adultério. Mas não era nada disso. Elisa não fazia o gênero de irritar o marido esfregando na cara dele suas aventuras extraconjugais. E Hans, ao que se saiba, não posava de marido virtuoso, muito pelo contrário.

Karl sentiu cansaço, vontade de voltar para casa. Uma placa de chumbo. Enfiou a carta numa dobra do xale, recolocou-o sobre a máquina de escrever, teve o cuidado de apagar as luzes e foi embora.

* * *

A primeira semana da licença chegava ao fim. Loremarie não conseguiu encontrar Elisa em seu apartamento, mas a idéia de que a amiga de Hamburgo tinha deixado a casa de Schansengof tranqüilizou-a subitamente. Loremarie tinha muito que fazer. Os cavalos chegavam da Ucrânia. Dois jumentos, brancos como neve, porte principesco. Um sonho. Nada, nenhum presente poderia lhe dar tanto prazer. Ela passava as manhãs a montá-los, um depois do outro.

"Para desenferrujá-los", dizia. "Você imagina essa viagem, Karl, uma semana sem se mexerem?"

Karl via a mulher saltar na sela, correr pelo prados, enquanto ele e o filho seguiam para o lago, onde se banhavam.

"Olhe como sua mãe monta a Tosca! É magnífico, não é? Como no circo..."

"Não é a Tosca, é a Carmen."

"Mas é a Tosca, sim, ora essa!"

"É a Carmen, acredite em mim. A Tosca tem a crina mais rala e não empina assim. A Tosca é mais bonachona."

"Tem razão", diz Karl. "E muito em breve você terá o seu pônei."

"O que você quer que eu faça com um pônei? Um pônei não tem graça. Não fala, não canta. Prefiro ir brincar com as ucranianas. Mas mamãe me proíbe..."

"É que elas não têm tempo a perder. Têm muito trabalho, sabe."

"À noite elas não trabalham. E Tarass, que me proíbe de chegar perto delas!... Não gosto de Tarass. Você gosta, papai?"

"Não especialmente", diz Karl.

"Ele tem um bigode igual ao de Adolf. É um lambe-botas!"

"Adolf quem?"

"Adolf. Ele não se chama Hitler. O nome verdadeiro é Schicklgrüber."

"Mas de onde você tirou isso?", pergunta Karl.

Ele parou de sorrir.

"Foi Werner quem me disse."

"Seu irmão sabe de coisas muito estranhas... Você não deve repetir isso, filho!"

"Eu sei", diz Peter... "Papai, papai, olhe!"

Peter puxa o pai pela manga.

"Há um automóvel na casa da tia Elisa."

Eles passavam defronte da cerca de álamos, na propriedade de Bielenberg. Havia, de fato, um carro estacionado entre as duas casas.

"Não é o carro do tio Hans", Peter cochichou. "Ele tem um cabriolé Adler. Esse é um Mercedes grande. E ali, está vendo, papai? Um soldado perto da porta, e a porta está aberta. Vieram buscar a moça?"

"Eu lhe disse, Peter, a moça não está mais aqui. Verifiquei naquela noite. É melhor nos afastarmos. Vamos, devagarinho."

Quando estavam no bosque ao lado da propriedade dos Bielenberg, Peter parou de repente e começou a soluçar.

"Por que isso? Por que os soldados vieram aqui?"

"Você só viu um soldado. E não foi na nossa casa."

"O que eles estão fazendo?"

"Uma batida, talvez."

"O que é uma batida?"

"É quando se procura alguma coisa na casa de alguém."

"Procuram a moça?"

"É possível."

"Ela não está aqui. Então não vão encontrar nada!"

"Não vão encontrar a moça, isso é garantido, Peter."

"É grave, papai? É grave para nós?"

"Nós não fizemos nada. Está tudo em ordem, filho. Acalme-se. Vamos voltar. O almoço nos espera. O banho no lago ficará para outro dia. E nem uma palavra a mamãe a respeito dessa batida, ouviu? Não devemos inquietá-la à toa."

Pois é, ele está em maus lençóis, esse pobre Hans. A esta altura deve estar na sede da Gestapo, na Prinz Albrechtstrasse, nas mãos do "serviço para interrogatórios reforçados" — esse eufemismo era muito conhecido de Karl desde a temporada em Paris. Essa gente não se distrai com bobagens quando vai revistar até mesmo as casas de campo. Hans está preso, e Elisa também. Por isso é que ninguém responde na casa deles. A ampola não tem mais mistério. Um caso clássico, simplesmente. Minha convalescença neste país, pensou Karl com seus botões, se anuncia muito serena!

Aqui, como em qualquer lugar, Karl tinha seus momentos de recolhimento. Naquele dia, como diariamente desde que estava em Schansengof, levantou-se às cinco da manhã, saiu da cama, onde Loremarie ainda dormia, subiu ao sótão, preparou um café à moda turca, num fogareiro a álcool, usando um recipiente de cobre de cabo comprido, apetrecho que levava consigo havia pelo menos dez anos — em todo caso, era o mesmo que usava na suíte no Berkeley quando Hans Bielenberg lhe anunciara por telefone que estava em Paris.

Naquela manhã Karl avançava em seu trabalho, num capítulo de *Irmãos Karamazov*, o "Grande Inquisidor". Lia em russo, com o auxílio de uma tradução alemã. Havia entre as duas línguas palavras que faziam eco entre si, como se o significado fugisse, se soltasse no ar, pelo jogo de outras assonâncias, de outros tempos, de outras cores, *Kleïkie listiki, kleïkie listiki*, "E as jovens folhas viscosas, e os caros túmulos, e o céu azul, e a mulher amada...".

"Tenho um presente para o senhor, capitão, um presente de despedida."

Karl ouvia a voz de seu professor de russo, ao fim da última aula, em Paris.

"Pegue estas páginas. Datilografei-as para o senhor."

O professor, Lev Grigorievitch Vichnievski, coronel do exército do czar, morava sozinho com seus gatos, numa dessas casas anãs que os franceses chamam de *pavillons*. Em Malakoff, a alguns quarteirões da estação de metrô Porte de Vanves. Karl ia lá em horas marcadas, a cada dez dias, para uma aula "oral", uma conversa em russo que muitas vezes se prolongava até o último metrô. Eles também jogavam xadrez, fazia parte do aprendizado.

"Não é uma consolação, nem são regras de vida", dizia o ex-coronel. "E também não são algo que pareça uma prece. São, simplesmente, o ápice do espírito humano. Ou talvez apenas o lembrete de que o espírito habita o homem, assim como habito este *pavillon*. Releia este texto, capitão, toda vez que sentir o solo fugir de sob seus pés. O que tem aqui é inesgotável. Jamais se conseguirá ler tudo."

Kleïkie listiki, kleïkie listiki, "E as jovens folhas viscosas, e os caros túmulos, e o céu azul, e a mulher amada...", agora Karl sabia de cor essas palavras russas. É o que diz o monge Aliocha a seu irmão, na réplica à lenda do Grande Inquisidor, que Ivan Karamazov acaba de lhe contar.

Nessa mesma noite, um pouco antes do jantar, Karl voltou a esse texto, repetindo as palavras de Aliocha, *kleïkie listiki, kleïkie listiki*, e tentava se lembrar da continuação: "Como então viverás, como amarás? Será possível, com esse inferno no peito e na cabeça?". Com os olhos presos na página datilografada, anotada nas margens e entre as linhas, Karl escandia em russo: "Como então viverás...". Passos na escada, Loremarie chegava, sem fôlego.

"Karl, tem gente lá embaixo. É a polícia. Vista-se, ponha sua farda. Não agüento mais. Tenho medo de dizer bobagens."

"Você não é capaz, Lo, de dizer bobagens", diz Karl enfiando a calça da Wehrmacht. "Diga depressa! Qual é o problema?"

"Os Bielenberg... Já me interrogaram."

"Que perguntas fizeram?"

"Quando os vi pela última vez, quais são nossas relações..."

"Alguma coisa a respeito da amiga de Hamburgo?"

"Nada. Eles não parecem estar sabendo."

"Você disse a eles que vi Hans em Paris, em abril?"

"Não."

"Não deve dizer."

"Eles pareciam não saber que você está aqui."

"Bem."

"Fui eu que disse que você estava... Tinha medo, Karl, precisava de você ao meu lado, diante dessas pessoas."

"Estou aqui, Lo, ao seu lado."

Karl acabou de abotoar o casaco.

Os dois policiais estavam na saleta ao lado da sala de jantar. Embora ainda jovens, tinham um jeito de velhotes gordos. Nada a ver com os verdadeiros policiais da Gestapo que foram lá no ano passado. Nesses dois homens, hoje, havia algo de civil. De civil e de maçante.

"Sua esposa nos disse que o senhor está em licença de convalescente. Queira nos desculpar", disse um dos policiais, o dos óculos de aro fino. "Capitão Bazinger, precisamos fazer algumas perguntas sobre o seu vizinho Hans Bielenberg."

"O que aconteceu com ele?"

"Morreu. O carro dele explodiu na estrada de Potsdam."

Loremarie e Karl se olharam.

"Estava sozinho?"

"Com o cachorro, ao lado dele."

"Um acidente?"

"A perícia do carro demonstrou que o motor tinha sido adulterado. Estamos inclinados a acreditar na hipótese de um crime, disfarçado de acidente. Há outro elemento: a mulher dele desapareceu. No Ministério das Relações Exteriores, onde ela trabalha, não a vêem há uma semana. Também não está no apartamento da Altenburgerstrasse."

"Quando foi o acidente?"

"Anteontem à noite. Pelas duas da manhã."

"O que o senhor sabe sobre Hans Bielenberg?", interveio o outro policial, que tinha um tique no olho esquerdo.

"Bem, menos que os senhores, imagino", diz Karl. "Somos vizinhos desde 1935, desde o casamento deles. Sei, é claro, que trabalha no Ministério da Aeronáutica. Devo acrescentar que ele achava que devia sua situação a uma recomendação do Reichsmarschall Goering."

"Sabe se ele tinha inimigos?"

"Nunca conversamos sobre nossos problemas profissionais. Juntos, cortávamos grama, nos convidávamos para jantar um na casa do outro."

"De quem o senhor era mais próximo, dele ou da mulher?"

"Tenho simpatia pelos dois", diz Karl, "e creio que minha mulher também. Não é, Loremarie?"

"Somos bons amigos, é verdade."

"O casal se entendia bem?", pergunta o dos óculos.

"Eles se amavam", diz Loremarie. "São coisas que a gente vê."

"Como é que então a mulher morava aqui, e Bielenberg em Berlim? Estavam separados?"

"De jeito nenhum. Antes que Elisa conseguisse esse emprego em Berlim, o marido vinha a Schansengof todo fim de semana."

"Eles estavam em vias de se divorciar, vocês não sabiam?"

"Primeira novidade!", diz Karl, "Surpreendente! A não ser que alguma coisa tenha acontecido entre eles há pouco tempo."

"Desejavam muito um filho", diz Loremarie. "Os dois abortos naturais foram um drama, para um e outro. Isso eu posso afirmar."

"Capitão Bazinger, quando viu Hans Bielenberg pela última vez?"

"No ano passado, em junho. Eu estava de licença."

"E no Natal?", pergunta o policial de óculos.

"No Natal eu estava em Paris."

"O senhor está servindo em Paris?"

"Não mais. Fui transferido para o front do Leste."

"Durante a batida no apartamento da Altenburgerstrasse, encontramos uma carta de Bielenberg à mulher, na qual ele pede o divórcio por causa de seus desacordos ideológicos", diz o tira do tique no olho esquerdo.

"Ideológicos?", diz Karl.

"Ideológicos, sim. Por essa carta se percebe que Frau Bielenberg é uma patriota cuja vida é devotada ao Führer. Correto?"

"Frau Bielenberg é uma verdadeira *völkisch*, autêntica, uma verdadeira alemã", diz Loremarie sem pestanejar.

"A investigação está apenas começando", diz o policial dos óculos. "Somos da polícia judiciária. O serviço de segurança, de sua parte, faz as próprias investigações. Não se exclui a possibilidade de precisarmos do senhor. O senhor passa por Berlim antes de partir para o leste?"

"Passo", diz Karl. "Na semana que vem estarei em Berlim."

"Aqui está o nosso cartão. Se Frau Bielenberg telefonar, entre em contato conosco imediatamente."

Os policiais pegaram a estrada. Mas não estavam com o grande Mercedes que havia estacionado no pátio dos Bielenberg no dia da batida. Talvez o carro fosse de outro departamento que não a polícia civil.

Sozinhos, Loremarie se aproximou do encosto da cadeira onde Karl estava sentado, prostrado, envelhecido. Pôs as mãos em seus ombros.

"Por que não disse que o tinha visto em Paris?"

"Vi muitas coisas em Paris, Lo. Espero que não me peçam satisfação do que vi em Paris. Posso lhe confessar: talvez seja melhor para Hans que tenha acontecido assim. 'Os desastres garantidos são mais benéficos, às vezes, do que uma felicidade improvável.'"

"Mas que filosofia é essa agora, meu pobre Karl?"

"Foi o que Hans me disse no London Bar, onde tomamos um conhaque."

O avião ganhou altitude ao se aproximar das florestas da Bielarus, refúgio dos *partisans*: era preciso ficar fora do alcance dos tiros.

"Estamos a duas horas de Vinnitza", diz a Karl um dos dois pilotos, que saía da cabine para se mexer um pouco.

Vinnitza, a cidade que Hitler escolhera para suas temporadas na Ucrânia. A pista de aterrissagem mais próxima de Kiev. Os comissários tinham minado a de Kiev, durante a debacle do Exército Vermelho. O vôo se destinava ao abastecimento da residência do Führer. Aliás, seu médico pessoal estava a bordo, acompanhado por uma enfermeira, mulher robusta, de uniforme, que serviu lanches aos passageiros. O médico descansava, dentro de um saco de dormir, no chão. No assento mais perto de Karl, um oficial de farda preta, que bebia *schnaps*, comentava as terras que estavam sobrevoando:

"Tudo isso é terra de judeu — ele apontava o indicador para o breu, atrás da janelinha —, os *partisans*, é tudo judeu. O russo é dócil, simples..."

As palavras "limpeza" e "extermínio" pontuavam seu discurso. Voltavam à mente de Karl os termos da circular entregue obrigatoriamente a todo oficial que ia para território soviético ocupado: "Não só tudo é permitido, como é mesmo recomendado fazer o pior...". Não, não, pensava Karl... Depressa, uma guerra de verdade! Viva a frente de batalha!

O ronco do aparelho acabou derrotando o companheiro tão tagarela. Ele dormia, mexendo suavemente os lábios, como uma criança ou alguém rezando. Karl cruzou o olhar do quinto passageiro, que até então apenas lia, à luz de uma lanterna de bolso. Fechou o livro, olhou para o colega que dormia. Sorriu para Karl e também fechou os olhos.

Ao entrar no avião ele havia se apresentado a Karl: Kurt Guerstein, engenheiro químico. "No final da tarde vamos fazer juntos o trajeto de caminhão até Kiev, tenho material para entregar lá."

Karl não dorme. Revê os últimos dias em Berlim. A recepção na embaixada do Chile. A noite passada num abrigo antiaéreo. E aquela jovem, Lally Schönburg.

A morte repentina de Hans, o desaparecimento inexplicável de Elisa iam se tornando para ele uma idéia fixa. Assassinato disfarçado de acidente ou suicídio, isso era apenas mais um enigma que encobria o casal Bielenberg. Karl quase estava desejando ser convocado pelo serviço de segurança.

Estaria pronto para dizer o que havia escondido da polícia civil: que tinha sido avisado por Hans Bielenberg de sua chegada a Paris, em abril, que o tinha visto de manhã no London Bar e que o encontrara de noite no Berkeley para irem jantar num restaurante de Montmartre. Ele daria os nomes dos convivas, por que não? Tanto o do casal Féval como o da princesa Trubetskoi. Diria o que sabia a respeito deles. Não tinha nada a perder.

Claro, a ampola de cianureto encontrada no bolso do terno, suas intuições, suas deduções, isso só dizia respeito a ele, Karl. Em contrapartida, talvez houvesse coisas que só então ficaria sabendo. Mas primeiro ia investigar um pouco, por conta própria. No Ministério das Relações Exteriores, em primeiro lugar. Aquele Juan, como é mesmo, Espinosa. Karl o havia conhecido na China, em 1937. Ei-lo agora embaixador do Chile, e Karl é convidado para jantar na embaixada.

À mesa, senta-se ao lado de uma jovem que, surpresa, trabalha no Ministério das Relações Exteriores. Seu nome é Lally Schönburg. O marido morrera há pouco, em Leningrado. Ele lhe propõe acompanhá-la de táxi. Durante o trajeto, as sirenes! O carro tem de parar. Um policial os convence a irem para um abrigo. Ali, na confusão que se instala, Karl resolve falar sobre Elisa Bielenberg.

Não, Lally não a conhecia pessoalmente. Mas, como muita gente, fora avisada do incidente. O desaparecimento de Frau Bielenberg provocara um alvoroço nos serviços do Ministério. O chefe imediato dela, da seção de radiofonia, fora afastado de suas funções. A Gestapo interrogara todo mundo, até ela, Lally, que trabalha num departamento totalmente diferente. Pelo que sabe, Elisa tinha pedido uma licença de dez dias. Para ir a Königsberg, sua cidade natal, para o enterro do irmão, que morrera na frente de batalha, e cujo corpo tinha sido expatriado. O enterro aconteceu. Mas nenhum vestígio de Elisa. Nem em Königsberg nem em nenhum outro lugar.

Dificilmente alguém evapora na Alemanha, pensava Karl. A menos que tenha sido assassinado, ou tirado de circulação. O que, até segunda ordem, não era o caso de Elisa.

Foi no quinto dia da licença de Elisa que aconteceu o desastre de Hans. Sendo assim, a viagem de Elisa mais parecia uma fuga organizada pelo próprio Hans, com o enterro do irmão servindo de pretexto.

Os detalhes contados por Lally reavivaram as lembranças de Karl. Ele sabia, pela própria Elisa, que a moça não tinha boas relações com o pai — um nazista convicto, reitor da Universidade de Königsberg —, nem com os dois irmãos, engajados nas fileiras dos SS desde antes de 1933. Ele se lembrou a que ponto Elisa se sentira magoada quando, em 1938, Hans pedira o apoio do sogro para obter sua carta do partido. Para acalmá-la, Karl lhe explicou que isso era indispensável, tendo em vista a carreira que seu marido pretendia no Ministério da Aeronáutica. Em todo caso, estava excluído um engajamento pró-nazista de Elisa. E aquela carta de Hans para ela, encontrada durante a batida policial no apartamento da Altenburgerstrasse, aquela carta em que Hans pedia o divórcio em razão de seus desacordos ideológicos, e na qual apresentava Elisa como uma ferrenha partidária do Führer, aquela carta era, na opinião de Karl, pura manobra. Hans a escrevera por se sentir ameaçado? Ou achava que assim Elisa poderia se sair bem?

Seja como for, já não se tratava, no caso de Hans, de crítica ao regime. Hans tinha traído. Karl estava convencido disso. Tinha traído todas aquelas pessoas que estavam no abrigo, e sua própria mulher, e os filhos de Karl, e Loremarie, e o próprio Karl. Hans tinha traído! Isso era evidente.

O avião deixava para trás as luzes de Minsk. Sobrevoava mais um mar de florestas. Karl começou a cochilar. De repente o avião deu um pulo. Uma detonação. Karl levou um segundo para perceber que era o de farda preta que atirava. Ele disparou o revólver na direção da janelinha, depois para o teto, e no instante seguinte Karl viu a arma apontada para ele, bem pertinho.

O que se seguiu foi como um relâmpago. Karl se jogou em cima do atirador, arrancou-lhe a arma. Com a ajuda do piloto e do engenheiro, o homem foi dominado, imobilizado. O médico de Hitler tirou da maleta uma seringa: "Com isso, um cavalo dorme vinte e quatro horas! E o senhor, capitão, não está ferido?".

Karl não fora atingido. Ficara abalado, isso sim. Recusou a injeção de calmante que o doutor lhe propunha, mas aceitou de bom grado um conhaque que o engenheiro Kurt Guerstein lhe ofereceu amavelmente. Ninguém mais dormiu no avião, até a chegada a Vinnitza, a não ser o SS, membro do comando especial.

Na estrada para Kiev, num caminhão dirigido pelo engenheiro, ele explicou a Karl que o caso desse SS não era raro:

"Essa profissão, capitão, de atirar nas pessoas à queima-roupa, por horas seguidas, isso enlouquece... O seu sangue-frio, confesso, me impressionou. Esse louco poderia tê-lo matado."

"O que é que ele pretendia?"

"Evidentemente", diz Kurt Guerstein, "atirar nos judeus, é seu dever. Abrir fogo contra seus compatriotas, e, para completar, no avião pessoal do Führer, não é pouca coisa... Mas no caso desse SS, uma perícia psiquiátrica, um pouco de repouso, e tudo estará esquecido. Adolf Eichmann protege os elementos de sua seção, a IV B 4. São os intocáveis... Seja como for, capitão, para exterminar, estamos aperfeiçoando outros métodos menos... como diria?... menos caóticos. Este caminhão, por exemplo, aqui onde estamos, sabe a que se destina? A matar com gás a população. Está longe de ser perfeito, mas ainda assim é melhor do que atirar nas pessoas à queima-roupa... Minha missão imediata em Kiev é acabar com um túmulo coletivo num lugar chamado Babi Yar. Fica bem na entrada da cidade. Tem idéia de como fazemos?"

"Nenhuma", diz Karl.

"Pois bem, abrimos o túmulo, se é que podemos chamar assim, molhamos os corpos com combustível e os incendiamos. A incineração, segundo meus cálculos, pode levar de algumas horas a um dia. É preciso prestar atenção para que o túmulo fique vermelho vivo, até o fundo. Só depois é que os vestígios são eliminados. Considerando o número de cadáveres que estão na ravina de Babi Yar, que vou liquidar amanhã — cerca de trinta mil —, acho que a queima vai demorar pelo menos dois dias... E agora, capitão, que estamos falando francamente, o que o senhor vai fazer em Kiev?"

"Ah, sabe..."

"Pode me chamar de Kurt."

"Sou jurista de formação, Kurt, mas nunca pratiquei de fato essa profissão. Fiz a guerra de 1914. Tinha vinte anos. Hoje, estou com quarenta e oito. Um velho soldado, como vê. Tenho alguns processos para acompanhar em Kiev. Relativos a litígios entre o exército e a população civil."

"Suas atribuições, capitão, me fazem sonhar, e já não sonho, nunca mais sonhei... Temos todo o interesse em vencer esta guerra, do contrário..."

"Esta guerra é invencível, Kurt. Ou melhor, não é vencível nem invencível. Antes eu estava servindo em Paris. Entre outras coisas, me ocupava da correspondência de pessoas que figuravam sob o título de 'terroristas'. Eu conhecia os rostos deles, as cartas deles. Eram pessoas admiráveis, Kurt. Difícil dizer mais alguma coisa... Kiev é só por dois meses. Depois serei encaminhado para o front do Cáucaso."

Na própria noite em que o engenheiro Kurt Guerstein o deixou no Hotel Palace, no centro de Kiev, Karl Bazinger começou a ter problemas de pele.

O DNIEPRE

As colinas de Kiev. Uma rua que desce para o Dniepre. Aqui, o rio é largo. Grandes margens de areia.

A rua se chama rua das Areias. No número 33, uma casa velha e bonita. Karl Bazinger, que enquanto espera sua transferência para o front está alojado no centro da cidade, no Hotel Palace, não conhece esse endereço, e também não conhece a jovem que mora lá, a dra. Katia Zvesdny. Daqui a uns dias vai encontrá-la. Mas será por pouco tempo, sua ordem de missão logo chegará.

Foi na casa da rua das Areias que Katia nasceu. Tinha seis anos quando a mãe, pianista, os deixou, a ela e a seu pai, para seguir um homem com fama de guru. Com toda a certeza, devia ser um aventureiro. Ou talvez nem uma coisa nem outra. Simplesmente um homem que sua mãe, muito nova, amou. A única notícia dela que nos chegou é que morreu ao dar à luz, em algum lugar da América, um segundo filho, um menino, e as coisas pararam por aí. Seu pai, que Katia, como todos os familiares e amigos, chamava de Liuvuchka, um violonista, não pareceu afetado com a fuga da mulher, tão bonita. Diziam os maledicentes que ele não gostava da mulher. Maledicentes.

Katia se parecia muito com ele. Os olhos luminosos, os cílios imensos, um jeito de baixá-los para se fechar em si mesma, e o riso e a voz e as mãos e até os pés, tudo nela era do pai.

Pouco antes da guerra de 1914, o pai herdara de um tio providencial minas e fábricas no Ural. Um homem de confiança cuidara de tudo isso.

Nem a saída da esposa, nem a chegada de tanto dinheiro mudaram a maneira de ser desse pai. Ele flutuava. De olhos abertos quando tocava violino, baixados sob o véu de cílios quando compunha ao piano. O resto do tempo passava no vasto mar de um sofá, ou no gramado inclinado do jardim. Certas noites de verão gostava de sair de barco pelo Dniepre, em companhia de Micha, que em casa se ocupava das panelas e das compras. Às vezes tinha vontade de passar a noite ao lado dos ciganos. Cantava e tocava com eles.

"Que a alma passeie, Katiucha! Que a alma passeie", ele dizia. "Já é tempo!"

Esse curioso pai não cheirava cocaína, cujo uso, na época, era comum entre os artistas. Também não bebia. Sua alma pairava e passeava por conta própria.

Os sons do violino ressoavam, abafados pela madeira das paredes. E mesmo quando Liuvuchka não tocava, tinha-se a impressão de ouvir música, de tal forma os sons estavam entranhados nas paredes de madeira de tília e pinho. No quintal, havia um galinheiro. O cacarejar das galinhas se misturava aos sons do violino. No verão, elas entravam pela porta aberta da grande cozinha: era o salão delas, que perambulavam por ali levantando um pé, depois o outro, bem-comportadas.

A casa tinha dois níveis. A rua das Areias era toda de casas assim, com jeito de *dátchi*, mergulhadas na folhagem. O padrão de vida, a não ser nas noites loucas com os ciganos, era modesto: alguns tapetes de valor, um desses relógios suíços chamados *Forêt Noire*, com um cuco em tamanho natural que saía pela portinhola e gritava a hora para todo mundo, prataria desparelhada — a criadagem levava sobretudo colheres, como lembrança —, e duas grandes malas, flexíveis e sólidas, duas maravilhas. "De fabricação francesa", atestava a etiqueta colada dentro da tampa: *Fabrique de malles, articles de voyage. Toulouse, 6, rue des Remparts Villeneuve, Saingernier Aîné.* Só Deus sabe como essas malas, chamadas "de cabine", destinadas a cruzeiros marítimos, foram parar lá. No segundo andar, na toca de Liuvuchka, havia um piano Bechstein de concerto, branco, vestígio da mãe desaparecida.

Ao sabor dos acasos da revolução, depois da guerra civil, a fortuna da família virou fumaça. Restavam lingotes de ouro, pois fora nisso que a presença de espírito do homem de confiança da família tinha transformado parte de seus bens antes da chegada dos bolcheviques. As privações decorrentes da falta de oportunidades não tinham, portanto, nada a ver com a metamorfose de Liuvuchka. Até então vegetariano, e apenas beliscando, ele começou a se empanturrar, devorando montanhas de comida. Aceitava tudo: marmitas de *borshtch*, pernis, broas, fritadas de batata com toucinho. Ele dobrou de volume. Depois triplicou. Perdeu os cabelos, seus dentes se estragaram. Só subsistia do etéreo Liuvuchka de outrora o doce brilho dos olhos.

Nessa época, Katia tinha dezessete anos e observava a mudança do pai com preocupação. A conselho da velha governanta Anna Nikiforovna, que conhecia Liuvuchka desde que ele era criança, Katia foi procurar o dr. Simonov, médico da família desde sempre.

"Não vejo nada de alarmante, minha querida Katia. Você mesma reconhece que ele não se queixa de doença nenhuma.

Seu pai já está numa idade avançada. Infelizmente, estamos todos no mesmo barco! E com a idade os modos mudam, entre eles o de se alimentar. A recusa de se alimentar é que poderia preocupá-la."

"Mas, doutor, meu pai tem trinta e sete anos! Ele ofega como um velho, perde o fôlego com os três degrauzinhos da escada. Tem um ventre de velha. Deve ter alguma coisa de psi... sim, alguma coisa na cabeça que não funciona."

"Psíquico, você quer dizer? E quem não tem, nos tempos de hoje? Eu, por exemplo, tenho a maior dificuldade para dormir. Minha mulher, por outro lado, passaria o dia inteiro deitada, dormindo... Será que pelo menos seu pai dorme?"

"Ah, isso sim, ele dorme... Mas acredite, é estranho. Estou com medo."

"Seu pai é um artista. Um grande artista, eu acho. E os artistas, sabe..."

"Estou com medo por ele, doutor, estou com medo. É preciso fazer algo por ele! O que devo fazer?"

"Amá-lo, não vejo o que mais."

"Tem uma coisa ainda que quero lhe dizer. Quando estamos juntos, ele mal se dá conta da minha presença. E depois...", Katia fica vermelha como um tomate, "e depois... ele toca o tempo todo no pipi."

"Há mulheres na vida dele?"

"Não, não conheci nenhuma mulher desde que mamãe foi embora."

"Ele não lhe pede nada desse gênero?"

"Não estou entendendo."

"Ele a importuna, com carícias, toques?"

"Não!", diz Katia, perplexa.

"Nunca a importunou?"

"Nunca. Sempre foi bom para mim."

"E você? Como vai você, Katia? Estudando?"
"Sim, no ano que vem completarei o curso secundário."
"Que matérias você prefere?"
"Química e ciências naturais. Gosto também de línguas."
"Você estuda música?"
"Papai nunca insistiu. Não tenho bom ouvido, segundo ele."
"E seu pai, sempre tocando?"
"Ele não toca mais. Há meses não põe a mão no violino."
"Ah, isso! Isso sim é preocupante! Realmente... Vou lhe dar uma carta para meu colega, o doutor Hertzman. É um neuropatologista. Convença seu pai a ir vê-lo. Não demore!"

Katia não recorreu ao neuropatologista. É que outra mudança, igualmente espetacular, começou a ocorrer em seu pai. Um dia, ao sair para as aulas, ela ficou surpresa ao ouvir uma barulheira dos diabos que vinha do segundo andar, onde ficava o Bechstein. A voz de seu pai trovejava, passando por todos os tons imagináveis, que ele acompanhava ora ao piano, ora ao violino. Esses sons não tinham nada a ver com as composições de outrora, eram atonais, muito decadentes. Mais parecia uma feira. Popular.

Esse despertar de uma nova inspiração se acompanhava, para Liuvuchka, de saídas regulares à noite. Ele saía de casa todo de preto, de casaca, como se fosse para o concerto, e de sapatos pretos também. Um chapéu de abas largas completava o aspecto solene de sua grande silhueta, agora mais magra. Havia consertado os dentes, um homem ia lhe fazer massagens dia sim, dia não. Encomendara roupas novas no melhor alfaiate da cidade. Estávamos em pleno período da NEP, a nova política econômica de incentivo aos pequenos negócios privados, e portanto ele podia se permitir essas extravagâncias em troca de seus lingotes de ouro. Mas o mais espantoso de tudo é que começou a falar muito. Uma torrente de frases que Katia nunca tinha ouvido: não se sentira amado, e agora se sentia amado, ou era enfim amado... A mãe de Katia aparecia na conversa, era evocada apenas por um "sua mãe": sua mãe me arrasou, sua mãe estragou minha juventude, sua mãe isso, sua mãe aquilo... Katia o escutava, pasma.

Foi Anna Nikiforovna, a velha governanta, que forneceu a chave da metamorfose. Mas, ora essa, ele está apaixonado pela soprano! Toda Kiev comenta! Uma mulher que já não é tão novinha! Desceu de Petrogrado, faminta, há pouco tempo. Miúda: é de perguntar de onde pode vir aquela voz, de uma força mágica. E que contraste com as divas gorduchas que costumamos ver nos palcos de ópera. Uma verdadeira voz, e uma atriz magnífica! A coqueluche de toda Kiev!

"Você a viu?", perguntou Katia, sentada à mesa ao lado de Anna Nikiforovna, que descascava cebolas para a sopa.

"Não, me contaram... É a vida", dizia Anna Nikiforovna.

Seus olhos choravam, era a cebola.

"Você cresceu, já é uma mocinha, um dia também vai se casar..."

"O quê? Você quer dizer que ele vai se casar? Com a soprano?"

"Ela se chama Sarah Kern", continua Anna Nikiforovna, com lágrimas nos olhos. "Ela canta como um anjo, sente o gênio do seu pai, e o ama. O que você quer mais? Liuvuchka merece um pouco de felicidade. É que ele sofreu, sabe..."

"Nunca o vi sofrer."

"Não é porque as pessoas não arrancam os cabelos que elas não sofrem. O verdadeiro sofrimento é silencioso... Você deveria estar contente que aconteça enfim alguma coisa boa para seu pai."

Não, Katia não estava contente. Nem um pouco. É como se tivesse havido uma Katia antes de Sarah Kern, e outra depois. Ela estava de luto por alguma coisa que não tinha nome. Ela vasculhava. De uma das malas de Toulouse, caiu num maço de cartas e fotografias. Ei-la pequenininha, nua, sentada sobre uma almofada numa poltrona, com as mãos agarradas nos braços como se quisesse se levantar. Outra fotografia a mostrava nos braços da mãe. Essa jovem mulher, com o rosto de pura inocência, era para ela a coisa mais misteriosa do mundo. Um segredo que ela jamais desvendaria.

Foi ao contemplar a imagem da mãe que Katia, sentada no chão diante da mala aberta, conheceu pela primeira vez um estado que mais tarde chamaria de "perturbação".

Se ao menos tivesse sido um sonho! Nos sonhos tudo é permitido, não é? Não, não é um sonho, não é noite, Katia não está deitada na cama, não dorme. Ela vê. Vê até com mais relevo, com mais cor do que todos os dias. E se vê de fora, como no cinema. Ela se vê andando por sua cidade natal, Kiev, na rua principal — o Kreschiatik —, vestida com sua roupa de colegial e o casaco de pele de esquilo. Ela nota que é um dia de outono, do mês de novembro. Os plátanos perderam as folhas. Restam algumas, agarradas aos galhos, e uma profusão de outras cobre a calçada. Ali se anda devagarinho, como sobre um tapete. Muito larga, essa calçada: a multidão se move nos dois sentidos. E eis que Katia se sente imantada pela presença de um homem que anda no sentido contrário. Grande, sem chapéu, cabelos claros, um mantô como não se vê mais, muito comprido, uma echarpe no pescoço, como se estivesse com dor de garganta. Eles se cruzam. O homem pára. Ela também. Ele pára um pouco à sua esquerda, vira o rosto para ela. Ela o vê de pertinho, e sente um calor, como se aquele rosto irradiasse uma luz e como se a luz estivesse ali para que ela percebesse cada um dos traços daquele rosto debruçado e os gravasse no coração. Ei-la agora seguindo seu caminho através da multidão do Kreschiatik, sobre o tapete de folhas. Ela dá seus passos, muito consciente de fazê-lo, mas não são mais os mesmos passos, ela bem sabe. Preocupações com o pai, tristezas, a mãe morta, tudo isso se afasta, vai para outro lugar. Ali, não mais. Adiante. Mais nada lhe pesa. É verdade que ela carrega a cabeça, o tronco, os órgãos, mas é tão mais leve, e até o corpo parece feito de um material precioso. Ela se sente preciosa diante de si mesma, uma sensação que ignorava.

Katia abre os olhos. Na sua frente, a tampa da mala. Lê: "*6, rue des Remparts Villeneuve. Saingernier Aîné*". Massageia as pernas entrevadas, se estica. É uma noite de verão. Pelas janelas escancaradas penetra o perfume das tílias. Nada se mexe. Silêncio. Mais uma vez, Liuvuchka vai dormir fora de casa. Um pacote de cartas no chão, presas por um barbante. Sim, é isso, ela queria saber. Puxa uma ao acaso. Um envelope com as bordas amareladas, endereçado a seu pai, e ainda fechado. Olha a data do carimbo no selo: 4 de outubro de 1912. Abre. Lê. Os avós maternos suplicam a seu pai que lhes confie a pequena Katia. Seu avô é médico, dirige um serviço no Hospital Botkine, em Moscou. Têm um apartamento funcional perto do hospital. Sublinham o endereço.

Katia guarda as fotos e cartas na mala, baixa a tampa, decide na mesma hora enviar um bilhete aos avós.

O Primeiro Instituto de Medicina dá para a rua Mokhovaia, perto do mausoléu onde Lênin enfim repousa, na praça Vermelha. Um prédio de tijolos, tudo o que há de mais corrente. Para chegar lá, era preciso passar diante das janelas gradeadas da cozinha, no subsolo, de onde subiam odores de "comida para o povo", sendo o povo, aqui, os cientistas, estudantes e empregados das diversas instituições que havia no pátio. Um pátio espaçoso. Ali estava uma charrete estacionada, presa a um cavalo atarracado, velho como o mundo. Ele garantia o transporte das bandejas com as refeições às cantinas do setor.

Fazia cinco anos que Katia cruzava de manhã a porta da rua Mokhovaia, passava diante do cavalo, lhe dava um pedaço de pão, uma cenoura, um talo de repolho. Com o tempo, esse local se tornou para ela tão familiar como a casa de madeira à beira do Dniepre.

Em outras escolas da jovem república russa, ela já teria obtido o diploma de médica há dois anos. Em qualquer outro ponto do país era oferecido um curso abreviado, ou acelerado, que contava com o entusiasmo dos interessados. Mas o Primeiro Instituto de Medicina de Moscou conservava seu estatuto retrógrado. Os estudos duravam seis anos, um luxo inimaginável. Os professores eram, via de regra, os mesmos de antes. Uma única diferença: os cadáveres fornecidos para as aulas práticas eram em número ilimitado. Uma maravilha! Seria preciso perguntar de onde vinham esses corpos? Em cada aula, um novo cadáver, freqüentemente decapitado. Assim os alunos eram dispensados dos esquemas, desenhos, manuais. Os órgãos a estudar estavam ali, ao alcance da mão. E todos tinham direito à dissecação, em rodízio. Anos desses exercícios formavam virtuoses do bisturi, toda uma plêiade de brilhantes cirurgiões da qual a União Soviética, recém-nascida, iria se orgulhar no futuro. Os estudantes aprendiam sobre os elementos que compõem o edifício humano, cada ligamento, osso, músculo, veia, arteríola. A vida que outrora vivia nesses corpos era esquecida.

É claro que havia, no hospital, as visitas aos doentes, mas eram raras, comparadas com as horas passadas no anfiteatro, e eram de um tipo diferente: passagens rápidas pelas enfermarias, o grupo de estudantes sendo precedido pelo professor, que desfiava um monólogo pontuado de palavras em latim. Só o sexto ano é que se passava inteiramente entre as paredes do hospital, quando o estudante tinha acesso aos vivos, e não só aos cadáveres.

Katia vivia na casa dos avós. Quando anunciou sua partida, Liuvuchka reclamou diversas vezes, mas finalmente aceitou, com o apoio de sua cantora lírica:

"Ora, meu querido, Katienka é uma moça bem-comportada. Quer ser médica, é uma bela ambição para uma mulher. Onde encontraria algo melhor do que na capital, e junto do avô, que é, ele mesmo, um grande médico? Você não tem o direito de barrar o caminho dela."

Katia passou uma primeira temporada em Moscou com a desculpa de um mês de férias, mas na verdade para conhecer os dois velhos. Foi paixão à primeira vista, recíproca. Eles pareciam tão jovens e tão unidos pelo amor que entre os dois Katia ocupou seu lugar naturalmente. Eram eles os seus verdadeiros pais, sua verdadeira mãe, seu verdadeiro pai. Junto deles deu-se um segundo nascimento. Algo também como uma segunda infância.

Depois das festas de ano-novo de 1928, Katia pegou uma pneumonia dupla, durante as férias de dez dias de janeiro que se seguem à época dos exames de dezembro. Os dez dias se passaram, Katia ficou de cama, suando em bicas, tossindo, fraca a ponto de não se agüentar em pé. Elena, a avó, passava o tempo a enrolá-la da cabeça aos pés em algodão termogênico, ora embebido em cânfora, ora em álcool noventa, e por pouco Katia não flambava. Nenhuma alimentação sólida, apenas chazinhos e caldo de galinha. Elena proibiu o marido médico de entrar no quarto da doente, e aliás já fazia tempo que ele entendera que, quanto à saúde da neta, devia cruzar os braços.

Auguste Leopoldovitch volta do serviço no Hospital Botkine. É noite. De sua cama, pela porta entreaberta, Katia ouve os avós brigarem:

"Não, não, não, você não vai entrar! Veja! Quantos micróbios você traz ao sair do hospital!"

Auguste Leopoldovitch finge examinar bem de perto o seu terno, o mesmo desde 1913 — ele o comprara para ir a Cambridge participar de um congresso de gastroenterologia.

"Onde foram parar os micróbios? Não os vejo! Micróbios, micróbios, por aqui! Deitem-se!"

Katia sorri, debaixo das camadas de algodão termogênico. A verdade é que, desde que está ao lado dos avós, gosta de adoecer. Agora a doença é plenamente justificada. Ela sai da doença renovada, envelhecida e remoçada ao mesmo tempo, seus dias são como que lavados. Mas hoje, 15 de janeiro de 1928, Katia se impacienta. Está farta das cortinas fechadas, do ar de estufa do quarto, do algodão, do gosto de framboesa dos chás, e não sabe por que está impaciente, apressada. Desde o final das férias, por causa do frio intenso, o instituto está fechado. Ela não faltou a muitas aulas! Mas há aquele seminário a que gostaria de assistir, de um certo Zvesdny, e cujo programa ela viu afixado na entrada do instituto:

ESTRUTURA NEURONAL DO CÉREBRO
A ATIVIDADE NERVOSA SUPERIOR NOS ANIMAIS
FORMAÇÃO DO OBJETO MENTAL NO HOMEM.

Sim, é isso, não gostaria de perder as conferências desse homem. Zvesdny, como é mesmo? *Zvesda* quer dizer "estrela". Estrelas há em toda parte, basta olhar a noite. Quando o céu está limpo, de preferência. Katia não tem o prazer de pôr o nariz para fora, à noite. Seus estudos a absorvem muito. Não é só para passar nos exames e conseguir o diploma. Ela não esperou o sexto ano para mergulhar a fundo nessa profissão. Já fazia isso desde o início de sua vida moscovita. E na casa há regras: não se fala de doentes, nem de doenças, nem de medicina. As pessoas que passam pela casa — gente de teatro, músicos, pintores — se sentem aparentemente muito longe do universo hospitalar. O apartamento que Katia divide com os avós é um anexo, bem no fundo do parque do Hospital Botkine.

Para Katia, esse hospital é como sua casa. Ali passa todo o tempo livre. Quando está ausente, é chamada de *vnutchka*, "neta de Auguste Leopoldovitch", e sua silhueta frágil, com a trança nas costas, é familiar entre o pessoal e os doentes. Ali é chamada, simplesmente, de Katia. Vejam, Katia voltou, ela está cuidando da paciente com cachumba, no leito 6, está reajustando a sonda do leito 3, verificando o soro do leito 5, o velho Spivakov melhorou, ela segura um pouco a mão dele, estávamos com saudade, diz-lhe de passagem a enfermeira-chefe, e os exames, foi tudo bem?

Katia tem vinte e três anos. Para a época, já é uma solteirona. Será que sabe o que se passa entre um homem e uma mulher? Não propriamente. Para ela, esse é apenas mais um capítulo da fisiologia. Se tem uma obsessão, não pensem que é o sexo. É o corpo, o corpo humano. Pouco importa qual: criança, homem, velha, jovem ou bebê, é o corpo que a obceca. Ela o espreita, quer desvendá-lo.

O pai de Nikita, seu colega desde o primeiro ano do instituto, é um dos massagistas titulares dos Banhos Sandunovski. Foi com ele que ela se preparou para as provas, e houve tantas. Daqui a pouco ele vai chegar. Vamos ouvi-lo falar com Katia, no seu quarto de doente, da doente que ela ainda é. Mas estávamos falando dos Banhos Sandunovski.

Centro de Moscou. Um prédio construído no final do século, de um fausto inigualável para um estabelecimento desse tipo. Há suítes, como nos hotéis, que podem ser alugadas por dia; também é possível fazer uma assinatura. Tem algo de clube inglês, de loja de maçonaria. Os homens ficam entre si. Nus, entregues ao ritual dos banhos. Água quente, água fria, vapor, e alguém que bate neles com uma vassoura de galhos de bétula. Tudo isso é pretexto para uma vida social muito particular. Estimulados, purificados, massageados, vestindo roupão, os homens se encontram nos salões, onde há mosaicos, sofás de veludo, refrescos, cerveja vinda de Munique ou vodca. E conversam. Sobre política, finanças, artes, espetáculos, ou simplesmente a vida. Lado a lado, um membro da Duma, um baixo da ópera, um médico da corte imperial, um advogado, um grande comerciante — colecionador de quadros: Matisse, Picasso —, um proprietário rural. Figurões, evidentemente abastados. Mas um laço os une, uma certa humanidade. Nascem iniciativas, decidem-se coisas.

É ali, nos Banhos Sandunovski, que começa uma singular aventura para o pai de Nikita.

O homem ainda não apresentava nenhum sintoma do mal. Não o sentia. Mas o massagista sabia, ou melhor, alguém dentro dele sabia, talvez fossem simplesmente suas mãos.

O massagista dos Banhos Sandunovski não era tagarela, e não era forte fisicamente, tinha um jeito apagado. Contentava-se com a chamada massagem de distensão, acompanhando os fregueses, localizando suas dores que nasciam e cuidando delas a seu modo. Sua reputação foi se firmando, e corria o rumor de que depois das massagens os fregueses sentiam um extraordinário bem-estar. Um bem-estar acompanhado de uma sensação de tepidez difusa que persistia por vários dias. O massagista percebera que a ação na região afetada era ainda mais eficaz quando suas mãos não entravam em contato com a pele. Aos poucos, estabeleceu uma distância ideal: cinco centímetros. Um dia, na porta de sua sala de trabalho, apareceu um homem. De mantô com gola de astracã e bengala. Acompanhado de um cão.

"Katchalov!", ele se apresentou. "E este é Jim", apontou a bengala para o cão.

Os fregueses não costumavam entrar ali de mantô, bengala e com um cão: o massagista tratou de convidar o visitante repentino a se sentar num banquinho, o que ele fez, como um lorde. O cão, um setter inglês ruivo-amarronzado, sentou-se ao seu lado.

"Sua lenda chegou aos meus ouvidos. Sinto que o senhor vai retrucar. Dizem que é muito modesto... Vim lhe pedir um favor: tenho uma amiga, uma atriz, uma pessoa muito querida. Ela está sofrendo de uma paralisia progressiva, e os médicos nada podem fazer. Tem fases de remissão. Recentemente, até chegamos a jogar juntos. Mas de novo suas pernas não lhe obedecem, a língua está mole, os dedos perdem a sensibilidade... Peço-lhe encarecidamente..."

"Vou tentar", diz o massagista. "De qualquer maneira, eu não poderia lhe fazer mal. Quanto a uma melhora... Tire o seu mantô!"

"Como?"

"Peço-lhe que tire o mantô e se sente de novo", disse o massagista.

Katchalov obedeceu. O massagista ficou atrás dele. Minutos depois Katchalov sentiu como que um entorpecimento. Depois, uma sensação de calor, depois uma queimação na região do abdômen, uma nítida queimação, quase dolorosa, e nesse momento o cão rosnou. Não eram as rosnadas que Katchalov conhecia, mas uns grunhidos, queixosos. O cão ficou calado assim que o massagista se afastou.

"Dê a pata, Jim!", disse Katchalov. "Você viu alguma coisa, ouviu?"

Jim lhe deu a pata, abanou o rabo. Katchalov saiu do banquinho, mexeu os ombros, dobrou e esticou as costas.

"Deus!", gritou. "O senhor é um mágico! Faz meses que estou com esse lumbago, como o senhor soube? Gosta de roquefort? Recebo diretamente da França, da própria cidade de Roquefort... Vou lhe enviar uma caixa, e vinho também, de Cahors. Combina bem com o roquefort."

Katchalov falava tudo isso brincando com a bengala, e o cão não tirava os olhos dele.

A memorável visita do artista Vassili Katchalov datava de 1910. A senhora de seus amores tinha morrido. Esclerose de placa. Os cuidados do pai de Nikita a aliviaram, prolongaram seus dias. Ela repousa no cemitério Vagankovo. É possível ver seu túmulo, que tem em cima o baixo-relevo de sua silhueta inesquecível para os fervorosos amantes do palco russo.

Sob a égide de Vassili Katchalov, a clientela do massagista aumentou. Ele mantinha o emprego nos Banhos Sandunovski, mas era cada vez mais freqüente que fosse à casa dos clientes. Se nos banhos ganhava um salário, fazia questão de não receber, nas visitas, nenhuma quantia em espécie — era um ponto de sua ética de curandeiro —, mas aceitava um pagamento em víveres. Essa prática fora inaugurada por Katchalov, que lhe mandara entregar a caixa de roquefort e o vinho. Esse modo de cobrar honorários mostrou-se uma salvação, sobretudo nos duros anos da passagem de um regime a outro. A clientela dos Banhos Sandunovski mudou. Agora eram dignitários do partido, do Exército Vermelho. Os escritores, os artistas não eram mais os mesmos, embora os males não mudassem.

Tudo corria muito bem na vida do massagista. Sua fama de curandeiro não o fizera perder a cabeça. A ambição ficou inteiramente concentrada em seu filho Nikita, que graças ao novo regime teve acesso aos estudos de medicina, no prestigiosíssimo Primeiro Instituto, e era uma pessoa brilhante. Mas quando o pai quis iniciá-lo, logo percebeu que não valia a pena: Nikita estava fechado a tudo o que se referia à inexprimível arte do pai. Em compensação, a jovem Katia, que o filho lhe apresentara, manifestava algum talento. Volta e meia o massagista lhe pedia que o acompanhasse em suas visitas, muito sofridas, em especial para uma iniciante. Exigiam concentração, disponibilidade, só boa vontade não bastava. Era preciso ter o dom. Katia tinha. Foi impressionante como em pouco tempo conseguiu captar os ruídos inaudíveis do corpo: pulsações, correntes, vazios, rupturas.

Era de perguntar se a musicalidade fenomenal de Liuvuchka não tinha encontrado um refúgio nela.

Voltemos àquele 15 de janeiro, na casinha que ficava à entrada do parque do Hospital Botkine. Era noite. Elena serviu o jantar: sopa de legumes com cereais, um prato de bacalhau preparado com tanta arte que parecia esturjão. É sexta-feira. Nikita bate à porta. Na entrada, com a ajuda de uma vassourinha, tira a neve presa em suas botas. Cumprimenta os avós de Katia. Ao contrário do pai, o massagista dos Banhos Sandunovski, ele é alto, seguro de si. Ele vai longe... dizia Auguste Leopoldovitch sobre o colega da neta. Longe onde?, perguntava Katia. Elena o tolerava, sem mais. Era o único estudante de sua classe a ser recebido ali. Era assim, Katia queria, e ela pedia tão pouco.

Quando Katia desembarcou de sua Kiev natal no meio de todos aqueles rapazes que começavam a medicina — havia duas outras moças na faculdade; aliás, mulheres-feitas, ambas casadas e mais velhas que Katia —, sentiu-se meio perdida, um patinho feio. Nikita tomou-a sob sua proteção.

Para ele, era como uma irmã escolhida. Duplamente escolhida, porque seu pai logo teve por ela estima e afeição, e essa cumplicidade que o trabalho bem-feito — como uma espécie de iniciação — necessariamente cria. Nikita não perdoava um rabo-de-saia. Interessava-se por mulheres mais ou menos maduras, todas esposas de homens no poder. Sua amante número um era a esposa do comandante da guarda do Kremlin. Nikita tinha mais sucesso ainda na medida em que não se envolvia demais e guardava o coração livre. Para os seus vinte e cinco anos, já tinha certo sobrepeso, mas um peso harmoniosamente bem distribuído em um metro e noventa. Tinha um bigode muito "herói da revolução", e no entanto dele emanava um charme de antigamente, estilo "ninho de fidalgos", se preferirem: voz de inflexões quentes, mãos compridas que desconheciam qualquer trabalho físico, dedos afinando perto das unhas, cabelos castanhos brilhantes, sempre jogados suavemente para trás, olhar bem treinado em se perder, embora não se perdesse nem um milímetro.

Estavam sempre juntos, como nos primeiros dias do curso de medicina. Nikita Piatakov e Katia Podgorny. Sem a menor dúvida, havia um caso entre eles. Uma só questão se colocava: o que um rapaz tão sedutor podia ver em Katia? Nenhuma maquiagem, a mesma trança com que chegara de Kiev cinco anos antes, roupas que não deixavam adivinhar nem a mais tênue curva do corpo. Mas o fato era esse: sentavam-se juntos durante as aulas, juntos ficavam na biblioteca, e juntos saíam do instituto, sendo que Nikita carregava invariavelmente a pasta de Katia. Incompreensível! Nas provas, Nikita e Katia estavam sempre entre os primeiros colocados.

Katia só não seguia seu fiel companheiro nas atividades ideológicas. Ainda estudante, Nikita já gozava de um trunfo considerável: sua voz, decisiva em todos os conselhos do estabelecimento, tanto os administrativos como os científicos. É preciso dizer que ele era membro do partido? Era como uma segunda carreira, paralela à sua formação de médico, e que ele exercia com discrição. Preparava-a em surdina. Katia não desconfiava de nada.

"Está ficando um horror, Katiucha, não tenho mais um minuto para respirar", dizia Nikita, sentado ao pé da cama, e tendo no colo uma bandeja com uma tigela de sopa de cereais e um prato de bacalhau imitando esturjão. "Todas essas reuniões, esses conselhos, estou me afogando... Minha tese está se cobrindo de mofo. Esta última semana mal consegui ler alguns artigos de Zvesdny, publicados no *Boletim do Instituto de Bechterev*. Parecem-me apaixonantes. Pergunto-me se não vou pedir a ele para ser meu orientador de tese."

"Você o encontrou?"

"Não. Espero o seminário... Ele vai fundo no que me interessa, sabe. Tudo isso é muito bonito — a lâmpada que acende, o cão que saliva, camarada Pavlov... psicologia, fisiologia, a unidade deles, um blablablá. Mas a sinapse é outra coisa!"

"Ele estudou em Viena?"

"Quem?"

"Ora, quem! O professor Zvesdny! Há meses que você me atazana com o seu Zvesdny!"

"É verdade, ele estudou anatomia do cérebro no laboratório do professor Menhaert, em Viena. Mas como você sabe disso?"

"Eu não sei, estou perguntando. Você também me disse um dia que ele viveu na Austrália, entre os cangurus..."

"Cangurus! Por que você fica me interrompendo o tempo todo? Eu queria lhe falar da sinapse."

"Mas vá em frente, me fale da sinapse!"

Katia se ajeitou entre os travesseiros e acrescentou, pensativa:

"Se ele estudou em Viena, deve ter conhecido Freud."

"Freud não tem nada a ver com a anatomia do cérebro. Freud é literatura..."

"Não é o que você me dizia no ano passado. Posso revê-lo sentado aqui, neste mesmo quarto, há um ano exatamente, você cantando louvores a Freud, à sua genial descoberta, e patati, patatá..."

"Ah, Freud, suas hipóteses são atraentes, concordo, mas rapidamente se esgotam. E depois, não é para nós, não é para a sociedade que estamos construindo. Viena, você me dirá! A decadência! Um punhado de doentes! Temos mais o que fazer além de ficar exibindo nosso estado de espírito."

Katia se sentia cansada. Fechou os olhos. Sob as camadas de algodão termogênico, ela estava parecendo uma múmia egípcia, enrolada em faixas.

"Você confunde tudo, mistura tudo, Katiucha! Pior que meu pai... Vivemos tempos que exigem clareza. Toda descoberta, todo novo método devem ser considerados do ponto de vista de seu alcance. Em que moinho jogam água? Nada na ciência é neutro, nem inocente. E para voltar, justamente, à sinapse..."

Nikita parecia desempenhar um papel, animava-se. Servindo-se da faca de peixe como de uma batuta de regente, articulava seu discurso: a faca ora apontada, ora suspensa, ora raspando o ar.

"A sinapse! A célula nervosa não é como as outras. Suas membranas não se fundem. Os neurônios são justapostos. Não estão em continuidade, como todas as outras células, mas em contigüidade. Há entre elas um espaço... ou, se quiser, um ponto de junção. E esse ponto, esse espaço, se chama 'sinapse'. É o lugar da transmissão da energia."

Quanto mais a voz de Nikita ficava insinuante, iniciática, mais Katia se desligava, alheia. Uma cena lhe apareceu, num relâmpago. Ela viu um soalho, com cada um dos detalhes como se mostrado através de uma lupa, até mesmo o fato de que estava bem encerado. Viu uma poça de sangue no soalho, botas dando pontapés no corpo de um homem deitado. Katia emergiu nas palavras "transmissão da energia", agarrou-se a essas palavras como a uma tábua de salvação.

"Tudo bem, Katia? Está me ouvindo?", perguntou Nikita, que percebera nela uma curiosa careta de dor.

"Tudo bem... Você falava do lugar da transmissão da energia... Mas por favor, deixe essa faca em paz, ela me perturba."

"É apenas uma faca de peixe", diz Nikita, aproximando-a bem dos olhos. "Prata maciça, Varsóvia. Vejo que ela não corta."

"E então, a sua sinapse, vem ou não vem?"

"Bem, como eu lhe dizia, sinapse é o lugar da transmissão da energia. Da transmissão, mas também da transformação das forças químicas, térmicas, mecânicas. Um relé, um crisol onde podemos detectar o que nos anima: alma, espírito..."

"Epa, mas você está ficando lírico, meu Nikita! Alma, espírito!... Desde quando você se preocupa com essas brumas?"

"Você me cansa, Katiucha. Então não vê que com a sinapse temos justamente o suporte material de toda a atividade física? Não é nem Pavlov com seus cães, nem Freud com seus sonhos."

"Mas para que você precisa de um suporte material?"

"Você raciocina exatamente como nossos professores dinossauros: pragmatismo galopante, nenhuma visão de conjunto, de panorama! Já é hora de sacudir tudo isso!"

"Não seria por acaso o tipo de discurso que você usa na sua célula de trabalhadores do front da saúde, creio eu?", Katia continua no mesmo tom suave.

"Qual front da saúde? De onde você tira esse vocabulário?"

"Dos jornais, meu grande Nikita! É que eu leio os jornais. Hoje só se fala de front. Como na guerra. Front alimentar, front da educação, da reeducação, front familiar, front conjugal... O que há de mais normal do que o front da saúde?"

Katia é sempre a mesma, pensa Nikita, pois a ironia de sua colega de repente tem o efeito de uma ducha fria. Não, Katia não muda, ele é que mudou, e a corrente não passa mais. Terminaram suas noites de estudo juntos, terminaram as noites de revisão, na véspera das provas. Ele passa o tempo correndo atrás de reuniões e de mulheres. Todas aquelas damas a quem dar atenção! Pois é, justamente nesta noite tem encontro com uma delas, cujo marido está preso na guarda do Kremlin. De origem nobre, esta, fato que, aliás, ela esconde com todo o cuidado. Meu Deus, que corpo!... e aquelas veias azuladas latejando nas têmporas, e aquela pele sedosa, mantida por banhos de leite de jumenta. A esposa do comandante do Kremlin o deixava ultrajantemente excitado, e era, digamos, recíproco. O primeiro-secretário, camarada Stálin, tinha o hábito de convocar seus colaboradores à noite para libações que se prolongavam até de manhãzinha. Ali discutiam-se os negócios correntes. Isso liberava as noites da dama, e era Nikita quem se apresentava como interino. Ele deu uma olhada para o despertador de Katia: estava na hora de se preparar.

"Essa pneumonia começa a se eternizar, Katiucha. Aposto que você nem sequer fez uma radiografia. Todos esses panos, todo esse aparato caseiro de antigamente... Até parece que estamos na Idade Média!"

"Não é minha culpa. É assim que a *babushka* me trata, e até agora funcionou. A doença precisa cumprir seu trajeto, acredito firmemente nisso."

"E se a doença fizer o trabalho dela malfeito, o que acontece?"

"Rendemos a alma", diz Katia com um sorriso radioso.

"Bravo! Restabeleça-se, Katiucha! Papai começa a se preocupar com você."

"Diga a ele que venha me ver!"

"Ele não se atreve, você sabe..."

Nikita aponta para a porta.

"Não se preocupe com isso, vou dar um jeito com *babushka*."

"Seu nariz está muito pontudo, até parece o Pinóquio", diz Nikita ao se levantar. "Está mais que na hora de ficar boa."

Foi a visita do Piatakov pai, o massagista dos Banhos Sandunovski, que ocorreu dois dias depois, ou simplesmente a própria doença que fez seu trabalho, o fato é que Katia estava de pé para o início dos seminários do professor Zvesdny. O tempo melhorava. Ao frio intenso sucederam as borrascas que varriam Moscou com rajadas de neve. Katia encontrou seu cavalo, intocado, ao lado das cantinas, perto da entrada da rua Mokhovaia. Foi perto desse cavalo que uma noite ela se surpreendeu ao ver surgir, juntinho de si, o homem louro daquele sonho acordado de sete anos antes, em Kiev, quando ela vasculhava na mala de Toulouse em busca do mistério de suas origens. Esse sonho, ou melhor, essa visita, lhe voltou à lembrança na mesma hora: o dia de outono, a calçada da rua principal de Kiev, o tapete de folhas mortas. Mas a presença do cavalo, a quem nesse instante ela dava um pedaço de pão, provava que ali, agora, o homem a seu lado não era um sonho. Aflito, ele lhe dizia estas palavras:

"Cruzei com seu avô no hospital. Apenas mudado, pensei numa assombração. Convidou-me para ir à casa dele, tomar chá... Antes dos acontecimentos de outubro, a família de meus pais e a sua se freqüentavam. Sua mãe tocava piano."

A voz pareceu familiar a Katia. Mas não seria Ivan Ivanovitch Zvezdny, nosso professor? Aqui, ao alcance da mão, sua voz não lembrava a que antes ecoava no grande anfiteatro, e tudo era diferente. Katia era um pouco míope, não queria usar óculos. E com sua mania de dar um jeito nas coisas, sempre ficava sentada nas últimas filas. Durante as três semanas que duraram os seminários, ela não conseguiu ver direito o professor, só numa espécie de bruma. Mas ali, perto do cavalo, no pátio do Primeiro Instituto, ela o via. E era de fato o homem de seu sonho acordado de antigamente. O mesmo mantô antiquado, os mesmos cabelos, sem chapéu, o mesmo cachecol em volta do pescoço, como se estivesse com dor de garganta. O homem louro de sua primeira "perturbação", como Katia chamava essas intervenções, esses lampejos que vinham perturbar suas percepções habituais e dos quais ela não falava com ninguém, com medo de passar por uma iluminada.

O cavalo comia o pão devagar, era um cavalo velho.

"Ele dorme aqui?", perguntou Ivan Ivanovitch.

"Não, tem um abrigo ali, à esquerda."

Katia tirou a luva e mostrou o lugar onde o cavalo dormia. Esse homem que surgira ao seu lado tinha um ar jovial, o rosto claro. Muitas rugas em torno dos olhos, e elas falavam de coisas que ele tinha visto e que ela não veria.

Não vamos procurar as razões pelas quais o homem louro sem chapéu estava ali, ao cair da noite, numa sexta-feira de fim de fevereiro, esse mês do qual Pushkin dizia:

Que fazer neste fevereiro?
Encontrar um pouco de tinta e chorar...

Fazia vários dias que as aulas no instituto tinham terminado, e se Katia ainda passava por ali era porque ficava estudando na biblioteca. Tinha no bolso outro pedaço de pão para o cavalo, e uma cenoura. Mas esqueceu.

"Por favor, me dê sua pasta! Vou acompanhá-la", disse o professor Zvesdny.

Dez anos se passaram. Katia se chama agora dra. Ekaterina Lvovna Zvesdny. O casamento foi no ano de 1928. Katia acabara de obter o diploma de medicina, trabalhava no serviço de pediatria no Hospital Botkine.

Seu antigo colega, Nikita Piatakov, tornou-se nesse meio-tempo presidente da Academia de Medicina da União Soviética. A ascensão era esperada, quando se pensa no esforço que ele fazia para abrir caminho entre os caciques do Kremlin. Menos previsível foi sua paixão por Katia, e o fato de ter ficado furioso quando soube que ela pertencia a outro. Perseguiu-a, escreveu cartas inflamadas, fez chantagem, recebeu uma bofetada em público, do professor Zvesdny. Tudo isso seria apenas uma comédia de bulevar se Nikita não tivesse poder.

Usou-o aos poucos. De início, o marido de Katia se viu privado dos seminários no Primeiro Instituto. Depois, foi seu laboratório de pesquisas no Instituto de Fisiologia Becheterev: fecharam-no, com a desculpa de que o professor Zvesdny ali se dedicava a uma ciência burguesa, obscurantista, matizada de freudismo. Houve uma série de artigos para dar substância a essas acusações. Eram assinados não por cientistas, mas por especialistas em ideologia, no mais das vezes pseudônimos. Todo direito de resposta foi negado a Zvesdny. Estamos em 1934, período ainda "vegetariano", em que os homens ainda não estavam se comendo.

Ivan Ivanovitch, já com mais de quarenta anos, deve começar uma carreira de médico iniciante. É contratado como assistente de cirurgião geral num hospital de bairro, treina a mão em apendicites, hérnias, depois passa para um serviço de neurocirurgia. Nada disso evita que seja preso em 1938. Seus crimes: ter se formado no laboratório do professor Menhaert, em Viena, seus trabalhos nas universidades de Melbourne e Chicago, bem como a sabotagem ideológica do Primeiro Instituto de Moscou — é assim que qualificam os seus seminários.

Um ano depois, quando o processo do inimigo do povo I. I. Zvesdny é instruído, ele é transferido para um campo, Vorkuta, no extremo nordeste da União Soviética. Condenado a dez anos. Mas dez anos é uma bagatela, Ekaterina Lvovna, comenta um colega de Katia no Hospital Botkine. Passam rápido, dez anos. E além disso, seu marido é médico. É uma ótima muleta para se agüentar em pé, mesmo no inferno. E o colega lhe aconselhava voltar para Kiev, sua cidade natal: nos dias que correm, sabe, é melhor se dispersar. Deixe-os esquecer que você existe, que está aqui, Ekaterina Lvovna! Vá embora!

Apesar dos conselhos do velho pediatra, Katia não queria sair de Moscou. Mais perto? Mais longe? Não me faça rir, Ekaterina Lvovna! De qualquer maneira, não é possível ir encontrar seu marido, a não ser que você também seja presa. E, ainda assim, nos campos vocês teriam tantas chances de se cruzar como dois mortos de se cumprimentar.

Se Katia resolveu enfim sair de Moscou, foi porque recebeu notícias do pai. A alma do inefável Liuvuchka enfrentava uma recaída, informava uma carta de Sarah Kern. Carta gentil, quase afetuosa. A madrasta dizia estar sabendo o que acontecera com o marido de Katia, e muito se condoía, de todo o coração. Assim, insistia que Katia talvez pudesse ajudar o pai, quando lá estivesse. Ele a chama de mamãe, vive me perguntando onde você está, quando volta. Volte depressa, eu suplico. Aqui precisamos muito de você.

Katia partiu para Kiev, aproveitando o mês de férias a que tinha direito no Hospital Botkine. Foi em agosto de 1940. A casa de sua infância, no número 33 da rua das Areias, passara por profundas mudanças durante sua ausência. O primeiro andar continuava ocupado por Anna Nikiforovna, a velha governanta: ali ela amontoara todo o mobiliário da casa, inclusive as malas de Toulouse, e o precioso Bechstein.

A governanta deu o último suspiro nos braços de Katia, dois meses depois de sua chegada a Kiev. Tinha noventa e cinco anos.

Era ali, nos dois cômodos do primeiro andar, que agora Katia dormia e dava consultas. A porta de entrada da casa se abria para um hall de onde saía uma escada que levava aos seus aposentos. À esquerda ficava o apartamento dos vizinhos, os Vasserman: um casal idoso, e a neta Agathe.

Há muito, muito, muito tempo — para Agathe uma eternidade —, a menina tinha morado com os pais num grande apartamento do centro de Kiev. Havia gás, aquecimento central e até uma banheira. Não era preciso acender logo de manhãzinha o fogão, como aqui, na rua das Areias, onde ele servia para tudo: aquecer os ferros de passar roupa do vovô Samuel, esquentar a água para lavar, preparar a sopa. O vovô Samuel era alfaiate. Trabalhava da aurora ao cair da noite. Poderia trabalhar menos, mas não sabia o que fazer com as mãos e os olhos. Era por isso que, no dia do shabat, ele parecia mais perdido, mais triste. Ele observava o shabat, sua mulher, Ida, fazia questão. Na véspera, arrumava a mesa, cobria a máquina de costura com um estojo. Era como se nesse dia se voltasse para alguma outra coisa. Para quê? A miséria, talvez? Desde que vivia com eles, a pequena Agathe fazia as vezes do *shabbes goy*, vocês sabem, o gói que durante o shabat faz em casa o que é proibido aos judeus nesse dia, como acender as lâmpadas, por exemplo. Agathe fazia isso, acendia as velas durante o shabat, na rua das Areias.

A avó de Agathe tinha visto de tudo na vida: os pogroms, os czares, os sovietes. Na época dos sovietes, as coisas quase começaram a lhes sorrir. Irina, a única filha, concluiu os estudos superiores. Ensinava química num colégio técnico. O marido, engenheiro, dirigia uma fábrica nas redondezas de Kiev, algo estratégico, secreto. Que calamidade, esse posto, pensava Ida, pois ela desconfiava de tudo o que acontece "de melhor" na vida, de tudo o que nos alça muito alto. Era um homem capaz, seu genro, sem nenhuma dúvida, uma cabeça inventiva, com um senso de organização fora do comum e, para completar, amava sua filha como poucos góis são capazes de amar. Pouco importa: Ida perdeu o sono desde que ele foi nomeado para esse posto. Carro com motorista, apartamento funcional, hall de mármore, férias nos palácios do Cáucaso, ela convivia com esses exageros em sobressalto, à espera da queda iminente. Seu pobre marido pagava o pato.

O genro foi preso em 1937, acusado de sabotagem, Irina teve a mesma sorte pouco tempo depois, como cônjuge de um inimigo do povo. Agathe tinha então dez anos. Foi morar com os avós, que, àquela altura, dispunham de todo o térreo do prédio na rua das Areias. Alguns meses mais tarde, um certo Fedorenko se apresentou na residência dos Vasserman com um mandado de requisição. Não havia nada a fazer, a não ser cumpri-lo.

Ainda bem que aquele Fedorenko lhes deixava usar a velha cozinha, de doze metros quadrados. Ele mesmo ocupou o resto do térreo, cuja entrada dava para a outra fachada da casa, do lado da ladeira que descia até o Dniepre.

Era ali, no quarto de doze metros quadrados, que Samuel Vasserman continuava a cortar, alinhavar, costurar à máquina suas encomendas. Agathe dormia numa cama de campanha, fazia seus deveres num banquinho, ajoelhada, e ali desenhava. Desenhava muito, adorava desenhar, colorir.

Agathe era um raio de sol entre os muros da casa da rua das Areias. Da manhã à noite tilintavam os sininhos de sua voz, notas cristalinas, e quando ria era uma explosão. Tinha uma alegria que ia contra ventos e marés, que guardava em si muitas promessas.

Desde o início do convívio entre a família Vasserman e Ekaterina Lvovna, instalou-se entre eles uma franca solidariedade. Os Vasserman sabiam que o marido da doutora tivera a mesma sorte dos pais de Agathe. Duas portas de entrada, dois pólos da casa: "eles" e "nós". Fedorenko ocupava a maior parte da casa; era um personagem sóbrio, apagado, usava um terno de membro da cooperativa Vinte e Cinco Anos do Outubro Vermelho. Sua jovem mulher, de peitos grandes, e seu filhinho, Petia, também eram bem apagados. As duas partes da casa não se comunicavam, a não ser na hora de pagar a Fedorenko o aluguel, todo fim de mês. Ele tinha uma função oficial de administrador de imóveis, da casa onde moravam e de outras ao longo da rua das Areias. Fedorenko também distribuía a correspondência. Foi ele quem entregou, pouco antes de estourar a guerra, um pacote de cinco cartas endereçadas a Agathe. Foi uma tal festa na casa, que o pequeno Petia Fedorenko teve direito a um presente: um carro de bombeiros.

Uma das cartas era do pai de Agathe, datada de maio de 1941. Ele estava em Kolyma. Derrubava árvores, não longe de Magadan. Permitia-se até mesmo fazer piadas: dirijo o trator J. Stálin, e sou feito de aço temperado. Da mãe chegaram, uma após a outra, quatro cartas: uma com carimbo dos campos, as três outras postadas em Moscou. Ocasiões milagrosas, como a mãe as chamava. Ela trabalhava na enfermaria do campo, na região de Vladivostok, onde tinha um quarto individual, com uma estufa e uma cama de verdade. Mais que tudo, sentia saudade de Agathe, dizia a mãe na carta, mais que do pai, e que sentissem a sua falta a esse ponto deixava Agathe feliz. Mas o essencial era que eles estavam vivos. Ao menos isso era certo, estavam vivos.

Com essas notícias, era como se algo tivesse mudado para melhor, e a velha Ida Vasserman recuperou seu bom humor. Apesar da idade, que se fazia presente — má circulação, artrose, pernas e dedos inchados —, ela ajudava o marido nos acabamentos e cuidava do lar, junto com Agathe, que sabia fazer de tudo com as mãos. Ida fazia questão de lhe ensinar, para que ela soubesse se virar no dia em que eles não estivessem mais aqui.

Não lhes faltava dinheiro, o marido sempre tinha trabalho. Até a declaração de guerra. O dono de uma loja reservada à elite de Kiev estimava muito Samuel Vasserman. Fazia-lhe encomendas que requeriam talento e cuidado particulares. E na primeira oportunidade não deixou de avisá-lo sobre o perigo da ocupação alemã, especialmente para os judeus. Ele próprio fez as malas na primeira semana de julho. Samuel era de opinião que devia seguir o patrão no êxodo, mas sua mulher se opôs firmemente.

Menos de um mês depois, os invasores lá estavam. Na rua das Areias, longe do centro, a presença alemã não era muito sentida. As camponesas falavam de uma colheita fabulosa, nunca vista no último meio século: as árvores vergavam sob o peso das frutas, as granjas estavam abarrotadas de trigo. Ida Vasserman, ajudada por Agathe, passava os dias a fazer geléias, conservas de legumes: nunca se sabe o que o inverno nos reserva. Com a partida do patrão, o marido tinha menos encomendas. Davam-lhe sobretudo roupas velhas para virar pelo avesso, e ele se aplicava nisso.

Ekaterina Lvovna flagrou a velha Ida tentando tirar o anel de um dos dedos inchados. E dá-lhe de empurrar e puxar, e passar sabonete, mas as lágrimas corriam nas faces da pobre Ida como se ela se esvaziasse de seu sangue. Uma aliança? Um diamante? E por que se desfazer? Para vender, respondia Ida. Do que você espera que a gente viva no inverno?

Ida se dirigia à garota:

"Está ouvindo a água da pia correr? Ekaterina Lvovna está em consulta. Quando parar de escutar a água, pode subir. Pegue este prato de panquecas de queijo branco. Ela adora."

As panquecas não eram o único pretexto para subir e ver tia Katia. Agathe estava com catorze anos. Durante esse verão do início da guerra, crescera incrivelmente. Um varapau, com cabelos ruivos deslumbrantes e imensos olhos verde-escuros. Katia a chamava de "Caniço". Caniço lhe pedia livros emprestados, velhas revistas ilustradas, reproduções de quadros, que adorava. Mas, sobretudo, elas falavam de seus *zeks* — uma palavra do gulag para denominar os presos políticos, e que se aplicava aos pais de Agathe, e a Ivan Ivanovitch, o marido. E esse ritual era como uma comunhão: dobrar e desdobrar as cartas, seguir o traçado das palavras. As coisas se reanimavam, ganhavam relevo, eram riscadas de ondas — o vermelho das frutinhas sobre a neve, as pontas dos pinheiros contra o fundo do céu, suas agulhas vitais contra o escorbuto, o trator J. Stálin que o pai de Agathe dirigia, perto de Turuchansk, as novas botas forradas de feltro nos pés de sua mãe, a primavera que acabava chegando. Na pilha estava a carta — a única — que Katia recebera de Ivan Ivanovitch. Era a mais recente de todas, a mais longa também: seis páginas. E com letra miúda. As folhas patinadas de tanto serem relidas pareciam gastas como se tivessem um século. Só de ver as páginas da carta de Ivan Ivanovitch, os olhos de Agathe se umedeciam, mas meu Deus, que felicidade que possa haver na Terra um relacionamento assim entre duas criaturas. Uma perenidade dessa.

"Nunca nos afastamos, nem um só dia, desde nosso casamento até a detenção", dizia Katia. "Escrever cartas só tem sentido quando estamos separados. Às vezes ele me deixava um bilhete: desejo ardentemente meias limpas, meu amor, ou então me avisava por escrito que teria um plantão noturno imprevisto. Não tínhamos telefone... Sabe, Caniço, esta carta é a primeira, e anuncia muitas outras. Sem ela, como eu saberia que ele escreve tão bem? Sua voz, que conheço de cor, sua voz está aqui, inteira, é incrível... Ouço sua voz como se ele estivesse sentado ali..."

"Leia isso, por favor, tia Katia. Leia essa passagem sobre as estrelas..."

Agathe achou a passagem, colocou-a sob os olhos de Katia, que começou a ler:

"As estrelas se esticam, lançam e retomam seus pequenos raios, se borrifam como os pardais se banhando, jogam com mil matizes que entre nós não têm nome, e parece que é fácil para elas, enquanto se divertem, sacudir a ordem implacável do universo, embaralhar o contorno das constelações. Creio que se nos fosse dado, na hora da morte, ver este céu, vê-lo assim, não haveria mais lágrimas, nem tristeza, e nenhum pecado..."

Agathe fica em silêncio, franze a testa alta.

"Em que está pensando, Caniço?", pergunta Katia.

"No céu. Vi o céu assim, vi mesmo, é verdade. As estrelas brincavam entre si, como as crianças..."

"De esconde-esconde?"

"De esconde-esconde, e se falavam... Você acha que Fedorenko olha para o céu?"

"Com toda a certeza", diz Katia. "Para ver se está limpo, ou se vai chover. Como todo mundo."

"Mas não como o seu marido... Amanhã começo minhas aulas."

"Então está certo, tudo se ajeitou?"

"Minha avó era contra", diz Agathe.

"Ah, isso, e como ela sabe ser do contra, eu que o diga, Caniço!..."

"Desenhar é uma bobagem, ela diz, não é sério. Se eu aprendesse violino, isso sim a deixaria feliz. O violino é uma obsessão para ela. Ela até estaria disposta a me comprar um. Foi Victor Platonovitch que conseguiu convencê-la. E quanto ao pagamento, nenhum problema. Vou ajudá-lo na arrumação da casa. Como ele está velho, mais velho que vovô."

"É longe, a casa dele", diz Katia, "no outro extremo da cidade. E os bondes não estão funcionando..."

"Mas é tão bonita a casa dele, tia Katia! O lugar mais bonito do mundo... Tem um cheiro bom, de floresta de pinheiros. Os pincéis mergulhados na terebentina. E todos aqueles vidros com os pigmentos, índigo, ocre, verde veronese, as paredes cobertas de quadros. Os quadros pendurados não são dele. Os dele estão no chão, virados para a parede. Tenho certeza de que um dia me mostrará... Eu fico falando, falando... preciso ir embora, *babuchka* vai me repreender."

"Obrigada pelas panquecas, e boa sorte nas aulas!"

De fato, era tarde. Katia foi se deitar, e já estava pegando no sono quando ouviu a campainha de baixo tocar. De penhoar, desceu para abrir a porta. Era Fedorenko, o vizinho.

"Ekaterina Lvovna, desculpe a hora. Tenho algo urgente a lhe comunicar. Posso subir?"

"Pode, claro!"

Ela o fez entrar na sala das consultas. Fedorenko estava muito agitado, falava aos trancos:

"Avise os Vasserman para não se apresentarem. Sei de fonte segura que é uma armadilha. Eles serão conduzidos à ravina de Babi Yar, e ali, pum pum..."

"Apresentar-se onde?"

"Não viu os cartazes?"

"Que cartazes?"

"Mas eles estão por todo lado! No centro, em todos os bairros, e pertinho daqui. Fui eu que os colei, na rua das Areias."

"O que dizem esses cartazes?"

"As autoridades convocam os judeus a se apresentarem à velha prefeitura, para um recenseamento. Os alemães dão a entender que eles serão reunidos em zonas especialmente reservadas... Tudo isso é mentira, Ekaterina Lvovna. Eles vão recolhê-los e depois fuzilá-los."

"Fuzilá-los! Meu Deus, mas por quê?"

"Os alemães querem se livrar dos judeus. É tudo que sei."

"De todos os judeus? Não só dos comissários?"

"Ah, os comissários, faz um tempão que eles deram no pé."

"Você quer dizer que eles querem matar mulheres, crianças, velhos, só porque são judeus?"

"É isso, sei de fonte segura."

"Quando deveriam se apresentar?"

"Depois de amanhã, 26 de agosto."

"Mas por que você mesmo não avisa a eles?"

"Porque não vão acreditar em mim! Mas na senhora eles acreditarão."

"Em todo caso, obrigada pela informação."

"Não há de quê", diz Fedorenko, "é o mínimo que lhe devo."

Logo que se instalara em Kiev, havia um ano, Katia cuidara de Petia, o filho único de Fedorenko. Uma meningite, complicações desagradáveis. Quando o menino se salvou, o pai se lançou em declarações insólitas, dizendo que lhe seria grato pelo resto da vida, que não ia denunciá-la, não ia dizer que seu marido era um inimigo do povo nem que ela praticava ilegalmente a medicina, e tudo isso aos prantos, ajoelhado, uma cena à la Dostoiévski. Aliás, se até então Katia não tinha sido incomodada, é de crer que não fosse só graças ao pequeno alcagüete Fedorenko. Outras pessoas também eram muito gratas à pediatra E. L. Zvesdny, entre elas um procurador da NKVD[*] do distrito de Kiev: todas elas tinham filhos, e crianças têm grande propensão a adoecer.

Do dia seguinte, 25 de agosto de 1941, Katia guarda uma lembrança de pesadelo. Era uma segunda-feira, e como todas as segundas-feiras, havia muito mais pacientes do que nos outros dias. Não só crianças. Cada vez mais ela recebia adultos, sendo que muitos vinham do campo, quase sempre a pé.

Nessa segunda-feira, Katia se levantou ao amanhecer e pendurou, ao lado da placa da porta de entrada onde se lia E. L. ZVESDNY, MÉDICA PEDIATRA, uma tabuleta que avisava: HOJE NÃO HÁ CONSULTAS. Katia tinha resolvido passar o dia visitando os israelitas que conhecia, em primeiro lugar os Vasserman e sua própria madrasta, Sarah Kern, mulher de Liuvuchka, com a idéia de que cada um deles, por sua vez, avisasse aos outros.

A primeira a ser avisada, Ida Vasserman, teve pura e simplesmente um acesso de raiva.

---

[*] O NKVD, acrônimo de Comissariado do Povo no Interior, era a polícia política criada em 1934 na ex-União Soviética, responsável pelas expurgações stalinistas e pela administração do gulag. (N. T.)

"De fonte segura? Fedorenko, esse traidor, esse dedo-duro, para você é uma fonte segura? Mas pare de divagar, Ekaterina Lvovna... Primeiro, ele lambe as botas dos comunistas, depois se dobra diante dos ocupantes, é essa a sua fonte segura?... É verdade que não são anjos, os alemães, mas é um povo civilizado, que sabe respeitar as leis... O seu Fedorenko é o único a dizer para não nos apresentarmos ao recenseamento. Os anciãos, os rabinos, todos nos intimam a nos apresentar. Sempre respeitamos as leis do país onde vivemos, vamos respeitá-las mais uma vez... Imaginemos, por um instante, que não nos apresentamos a essa convocação, que desobedecemos, que temos de nos esconder. Onde nos esconderemos? Quem nos esconderia? Você, é claro, Ekaterina Lvovna! Mas quantas pessoas como você, entre os góis que conhecemos? Diga-me, quantas? É muito bonito: avisar! Avise! Acha que não fomos suficientemente avisados durante a nossa história? Tudo o que aprendemos é que desobedecer nos afundaria em desgraças ainda maiores... Vamos nos apresentar amanhã ao recenseamento, está decidido, meu marido e eu. Não dissemos nada a Agathe. Ela tem outro sobrenome, que não é judeu. Não vamos envolvê-la nisso! Para nós, repito, está claro, e não conte comigo para ir falar com os outros o que o seu Fedorenko lhe disse."

Katia não esperava que a velha Ida Vasserman opusesse tamanha resistência. A conversa se dava no quarto de Katia. Apesar da tabuleta, a campainha tocou.

"Ida Semionovna, por favor, desça e diga que não estou", pediu Katia.

"É melhor receber os seus doentes do que perder tempo em providências inúteis", disse Ida Vasserman.

E foi embora.

Quando a porta se fechou, Katia caiu em prantos. Era a primeira vez que chorava, desde a prisão de Ivan Ivanovitch.

Desde Babi Yar, passaram-se doze meses. De que fora um massacre, ninguém tinha a menor dúvida. Ninguém voltara do "recenseamento", nem mesmo a mulher de Liuvuchka, Sarah Kern. Foram milhares.

Na noite seguinte a 26 de agosto de 1941, Fedorenko se enforcou numa despensa onde outrora Anna Nikiforovna, a governanta, guardava suas geléias. Dizia-se que ele fora obrigado a assistir à operação. Seria verdade? Fedorenko não estava mais ali para dizer se assistira ou não, para dizer o que havia testemunhado.

Um mês depois, sua mulher deixou a casa da rua das Areias, com o menino, Petia. Tuberculose já muito avançada, Katia não podia cuidar dela. Partiram para a aldeia perto de Vinnitza, onde ela havia nascido.

Dos israelitas que Katia conseguira encontrar no dia 25 de agosto, raros foram os que não se apresentaram. Um amigo da madrasta de Katia, o dr. Serge Guertzman, estava entre eles. Foi quem acompanhou Liuvuchka ao antigo convento da Mãe de

Deus, pertinho de Kiev. Era psiquiatra desse hospício, e propôs, embora algumas pessoas hesitassem, a hospitalidade dessa casa que as antigas religiosas dividiam com os novos loucos. Ele sabia, e de nenhuma fonte segura, mas "por sua própria espinha", como dizia, que a medida tomada pelos alemães ia se revelar uma matança. Serge Guertzman conseguiu entrar em contato com os *partisans*. Tivera informações sobre outras iniciativas que os alemães se preparavam para pôr em prática, em especial a de acabar com os doentes mentais do antigo convento da Mãe de Deus. O pai de Katia não estava mais lá. A filha fora pegá-lo.

"Seu pai não deve saber nada do que se passa no exterior, Ekaterina Lvovna", recomendou-lhe o dr. Guertzman antes de cair na clandestinidade. "Sim, que ele continue como se nada tivesse acontecido. Ele tem sua música. Tem você. Nunca mais recuperará o senso de realidade. A doença dele, a dor que o acompanha, não tem nada a ver com o que acontece ao redor. É assim. Pouco podemos fazer. Que ele continue, Ekaterina Lvovna, que ele continue... Cuidado para que não caia em prostração: nesse caso, é preciso vigiá-lo o tempo todo. Como prevenir a prostração e como tirá-lo desse estado, caso você perceba os sinais, são coisas que deixo para a sua intuição. Não há receitas, você bem sabe. O tratamento de jejum lhe fez bem, você mesma percebeu. Mas se ele se negar a comer, tome cuidado. Sinais de anorexia precedem a prostração. Seja vigilante nesse ponto, Ekaterina Lvovna, e que Deus a abençoe."

Assim, Liuvuchka morava de novo na rua das Areias. Com um companheiro: tinha recolhido um gato durante a temporada no hospício, um gatinho que virou um gatão. Alto, o pêlo curtinho cinza-escuro, ondas de músculos. Genes do Egito antigo despertados numa calha da Ucrânia. Sócrates, ele se chamava. Salvo sua independência, perfeitamente felina, parecia um cão. Saía para caçar nos bosques às margens do Dniepre, trazia pequenas lebres que colocava aos pés de Liuvuchka, mortas mas intactas. Uma vizinha preparava patês. Sócrates tinha outras cartas na manga. Se Liuvuchka se sentia mal, na ausência de Katia, o gato logo rodeava a casa e ia se colocar defronte da porta da sala de consultas. Na hora de se despedir de um paciente, Katia topava com ele, sentado ereto, olhando em seus olhos. Graças a Deus, esses alarmes eram raros. Mas jamais houve um alarme falso. Que seu pai estivesse mais bem-disposto que nunca era um milagre para Katia. Da temporada no hospício ele guardara o hábito de varrer. A isso se dedicava com um cuidado metódico. O soalho da sala onde ficava quase o tempo todo — a antiga cozinha por onde às vezes as galinhas passeavam — estava como que lambido. No lugar do antigo forno, agora havia o piano Bechstein branco. Os sons naturais do exterior se infiltravam pelas paredes de madeira: o murmúrio da folhagem, o ruído da água, os sopros da brisa, passarinhos. Atendendo a seus pacientes, Katia se sentia em casa, sossegada. Um ano antes Liuvuchka estava no hospício, e era uma preocupação constante. Agora, era um apoio.

Toda vez que Katia aparecia na cozinha do Bechstein, Liuvuchka parava de tocar.

"Onde está Sarah, mamãe?"

"Voltou para Petrogrado."

"Ah, é, esse novo compromisso... A *Tosca*?"

"Não. Ela cantará as suas *Noites no Dniepre*."

"É verdade?"

"Verdade, sim, papai."

"Está bem..."

As palavras que trocavam à noite apenas variavam. Katia pensou um dia que talvez uma oração fosse isso: de tanto repetir a mesma coisa, sentia-se o reconforto. Mas às vezes a pergunta "Onde está Sarah, mamãe?" voltava sem parar, durante uma noite inteira. Também acontecia de Liuvuchka chorar ao repetir a pergunta. Katia o tomava nos braços e chorava junto. Ele se afastava, subitamente desperto, e dizia:

"O que você está fazendo, mamãe?"

"Nada."

"Nada, então está bem."

A guerra continuava, e sobre ela Liuvuchka era de uma ignorância de aristocrata, assim como ignorava que Sarah estava na vala comum de Babi Yar. Mal reconhecia a casa onde tinha passado tantos anos de sua vida. Não seria melhor assim? Um esquecimento merecido, pensava Katia, como se diz, um repouso merecido.

Agora não era Liuvuchka que preocupava Katia. Era Agathe, sua vizinha. Fazia meses, desde a partida dos avós, que a menina a evitava, isso era óbvio. Da órfã Agathe, Katia esperava tudo, até mesmo a recriminação por não ter convencido os Vasserman a não ir até a antiga prefeitura, mas não esse mutismo obstinado, essa fuga. Agathe saía de casa muito cedo e voltava tarde. De vez em quando dormia fora de casa. Evidentemente, passava todo o tempo na casa de Victor Platonovitch, seu professor de desenho. Ele morava no outro extremo da cidade. Uns dez quilômetros, ida e volta, e os bondes não circulavam mais. Katia sabia tudo isso, mas não entendia a guinada de Agathe. Simplesmente sentia falta dela, do ruído de sua voz muito esganiçada, de seus risos, das cartas de seus *zeks* que elas não liam mais juntas.

Katia trabalhava mais que nunca. O processo do luto havia fortalecido seu espírito de entrega aos doentes. E eles, por sua vez, a recompensavam ajudando-a nos afazeres domésticos, que, depois de dois anos de ocupação alemã, iam se tornando estafantes, sobretudo desde que ela passara a cuidar do pai. Uma mulher pegava sua roupa e a trazia lavada e passada. Um homem, sem que ela pedisse, viera no outono calafetar as janelas. Pessoas anônimas lhe entregavam caixas de remédios, sem falar dos sacos de farinha, das batatas, dos ovos que deixavam ao lado de sua porta.

Todo dia, na ausência de Agathe, Katia deixava alguns alimentos no quarto dos Vasserman. Tudo estava arrumado, limpo: o estojo cobrindo a máquina de costura, uma pilha de cortes de fazenda sobre a mesa, o candelabro de sete braços, o quipá que o velho Samuel usava no dia do shabat.

Sim, Katia sentia falta de Agathe, mas em algum lugar de sua mente sabia que Caniço ia voltar, que não devia apressar nada.

No domingo em que a primavera chegou para valer, Katia abriu a mala que trouxera de Moscou, quem sabe haveria ali alguma coisa para vestir nesses dias bonitos? Achou, dobrado no fundo da mala, um vestido leve de algodão. Era o primeiro presente que Ivan Ivanovitch lhe dera, nos primeiros sinais da primavera, catorze anos antes. Aquele dia do mês de maio lhe voltou à memória, e com ele a lembrança da primeira noite, e todos aqueles botõezinhos na frente do vestido, forrados do mesmo tecido, que ele teve de desabotoar. Katia apertava o vestido contra o peito, seu coração dava pulos, ela sentia o calor das mãos de Ivan Ivanovitch na pele, seus pés não tocavam mais o chão, e eis que o marido voltava, inteiro, até o aroma dos cigarros que fumava naquele tempo, um tabaco turco. Como você encontrou este vestido?, lhe perguntara Katia. Foi simples, vi você dentro dele. E ao vesti-lo você se verá um pouco com os meus olhos... Katia pegou o vestido e o sacudiu. Tinha sido muito lavado, a cor estava meio desbotada, mas tudo ficara claro agora: ia dá-lo a Agathe. Pois é, foi esse vestido que ajudou a quebrar o gelo.

No dia seguinte, Katia o deixou no quarto de Agathe, embrulhado, junto com os alimentos. Agathe apareceu na porta da grande cozinha. Usava o vestido de Katia e hesitou. Na mão, um rolinho.

"Entre, entre, Caniço! Como você é boazinha de vir nos ver. Papai, Agathe está aqui..."

Liuvuchka olhou para a jovem com o rolinho na mão e não disse nada.

"Agathe é nosssa vizinha!"

Liuvuchka continuou calado, mas seu olhar surpreendeu Katia. Seus olhos se arregalaram. Foi como um jorro de vida. Os cílios tremiam. E ele deu um sorriso, o que há muito tempo Katia não via. Agathe se aproximou, com o rolinho na mão.

"É para você, tia Katia", disse.

Entregou-lhe o rolo. Era uma aquarela. Katia observou-a à luz das lamparinas de querosene que estavam sobre o piano. Algo rosado, tremido. Não representava nada.

"Mas é uma música", disse Katia. "Um pequeno vôo de música livre... Faz bem à vista... Olhe, papai, ponha os óculos, olhe! Agathe também sabe fazer música."

"Não é nada, é um pequeno exercício", diz Agathe. "Até agora Victor Platonovitch me mandou fazer muitos desenhos. Garrafas, moringas, jarras. Tem paixão pelo que não se mexe. Os objetos. E hoje me disse que chegou a hora de fazer alguma coisa de pura intuição, o que me desse na cabeça, em cores."

"Obrigada, é maravilhoso, Agathe. Vamos pôr numa moldura com vidro, e colocá-lo em cima do piano, não é, papai? Ele terá essa visão, junto com a música."

"Victor Platonovitch me ensina o ofício. É sobretudo isso, a técnica, como ele diz. Sei preparar os fundos, estender a tela, triturar os pigmentos... Fazemos pinturas para vender. Bem, não exatamente pinturas, ele chama isso de 'fábrica'. Essas grandes imagens em tela encerada, sabe? Um cisne, ciprestes, uma senhorita lendo uma carta, encostada numa estátua..."

"Sei, essas coisas que as mulheres compram nos mercados, no campo, e penduram em cima da cama? Vi isso há muito tempo, nas feiras. Continuam a comprar?", perguntou Katia.

"Compram, sim! Já faz muito tempo que Victor Platonovitch vive disso! Antes também fazia letreiros para os cafés, para as lojas. Para mim, o mais difícil da 'fábrica' é não se afastar do cânone."

"Cânone? Que cânone?", perguntou Liuvuchka.

Desde que Agathe entrou, ele bebe cada uma de suas palavras, como se todos aqueles ciprestes na tela encerada fossem a coisa mais apaixonante do mundo. O gato Sócrates se esgueirou pela porta, veio se instalar sobre o piano, ao lado das lamparinas de querosene. Esta noite, todas estão acesas: não há mais fornecimento de luz em Kiev. Agathe continua:

"É como a pintura de ícones, há regras estritas a observar. Victor Platonovitch faz um traçado do conjunto, a carvão: silhueta de moça, um banco, uma estátua, o lugar do lago, e cabe a mim pôr as cores. Se acrescento um detalhe, uma sombra, por exemplo, ou se matizo a cor, Victor Platonovitch se zanga: Mas quem você pensa que é? Ticiano? E me manda lavar tudo e recomeçar... Precisamos fazer duas 'fábricas' por semana, duas telas que Victor Platonovitch leva ao mercado todo domingo."

"Essas telas são todas parecidas?", pergunta Katia.

"Não, mesmo que eu me esforce nunca ficam iguais..."

"O importante é que continuem a comprá-las, não é, Caniço?"

Mas onde foi parar a menina que ela era?, pensa Katia. Sua voz de sininhos, seu riso em cascata. Não faz nem um ano que os avós partiram. Incrível como mudou. Não cresceu, não envelheceu: de repente ganhou cem anos.

"Dê a ela um lingote de ouro", diz Liuvuchka, e Katia volta a ouvir a voz daqueles dias em que ele ia passear a alma, junto com os ciganos.

"Por que, papai?"

"Eles não precisarão vender as pinturas."

"Agathe aprende o ofício com Victor Platonovitch. Ela será pintora, papai, e isso vale todos os lingotes de ouro do mundo. Aliás, não temos mais lingotes."

"Aqui as paredes estão nuas. Por que estão nuas? Sarah, na casa dela, põe quadros por toda parte, em cima dos espelhos, das portas. Tomamos chá na cozinha sob uma marina de Aivasovski."

"Sim, papai, sim... Sarah tem bom gosto. Vocês têm belos quadros, muitos e belos quadros!"

"Onde está Sarah, mamãe?"

Liuvuchka se encolheu, cobriu a cabeça com os dois braços.

"Pronto, vai começar. Vá embora, Agathe, vá!"

"Onde está Sarah, mamãe?"

"Sarah está em Petrogrado. Está cantando *Noites no Dniepre*."

Katia pega o pai nos braços, nina-o, espanta-se ao cantarolar um trecho da ópera de Liuvuchka. É a primeira vez que canta, e mais ainda uma música do pai.

"Você canta, mamãe?", pergunta Liuvuchka. Ele pára de tremer, se solta dos braços de Katia. "Está cantando afinado? E eu que achava que você não tinha ouvido."

"Um urso pisou nos meus ouvidos. Você me dizia isso quando eu era menina, lembra?"

Ao teclado, Liuvuchka toca a melodia da ópera, aquele *morceau de bravoure* que outrora, no início de sua paixão por Sarah Kern, tanto maravilhava Katia. Um ritmo endiabrado, dançante, popular, de feira. Naquela época, a explosão dessa música marcara o fim de uma crise. Se hoje conseguisse fazer o mesmo...

O gato Sócrates, apavorado com a barulheira, pulou do piano e sumiu na noite.

Desde essa noite Agathe voltou muitas vezes à cozinha do Bechstein. Ela e Liuvuchka ficaram amigos. Katia não tem a menor idéia do que conversam, do que os une. O fato é que se entendem, o músico louco e a menina órfã. Katia lhe explicou o que é a doença de seu pai e o que poderia provocar a recaída.

"Não diga uma palavra sobre os seus pais nem sobre os seus avós. Finja que a guerra não aconteceu. Ninguém ocupa a nossa cidade. Sarah está em Petrogrado, cantando *Noites no Dniepre*. Nem uma palavra sobre Ivan Ivanovitch, nem sobre os pacientes que vêm à nossa casa, está bem?"

Essas frases provocaram o riso de Agathe.

"Nada de alemães, nem de guerra? Vai tudo muito bem", e ela riu de novo. E eis que voltaram os sininhos, notas cristalinas, o riacho.

"Em suma, não encoste nas aletrias que são as terminações nervosas dele." Katia também ria. "É que Ivan Ivanovitch chamava nosso sistema nervoso de 'aletrias'. Não estrague as aletrias, ele me dizia, quando alguma coisa me deixava zangada."

"As aletrias eram a especialidade dele, não eram?"

"Eram, antes que os colegas o privassem de qualquer qualificação."

"Tia Katia, nossos *zeks* vão bem? O que você está sabendo?"

"Só podem ir melhor. Depois da guerra tudo vai mudar."

"Haverá uma vitória?"

"Haverá, Caniço."

"Victor Platonovitch diz que quando reina o terror sempre há artistas que ficam felizes em fazê-lo durar."

"Vocês também conversam sobre essas coisas?"

"Falamos de tudo. Não só de Ticiano."

"A propósito, você perdeu um ano de escola. Tem de se inscrever em setembro, para o próximo ano letivo."

"Ah, isso não! É a única vantagem dessa ocupação, nada de escola obrigatória."

"A guerra não vai durar. Você vai se atrasar."

"Para ser pintor, ninguém precisa desses estudos. Precisa trabalhar, trabalhar... Vou lhe mostrar os livros que Victor Platonovitch me dá para ler. Você vai ver, a escola é totalmente supérflua."

"Ida Semionovna não seria dessa opinião. Ela não gostava que você ficasse zanzando neste mundo como o patinho feio do conto de Andersen."

"Meu personagem favorito", diz Agathe.

Um patinho feio? Agathe era tudo, menos isso. Uma seiva viçosa, uma cabeleira flamejante. Insolência, provocação, desafio. E aquele corpo longilíneo e gracioso, e aqueles olhos, lagos de um verde profundo, que por si só indicavam os cem anos que ela envelhecera desde que os avós não tinham mais voltado.

Para ir à cidade, vestia uma saia de avó, reformada para o seu tamanho, e por cima uma de suas blusas de pintora, para fazer mais volume. Os cabelos ficavam escondidos sob o lenço branco que em geral as mulheres do povo usavam ali, no verão. Katia insistia que Agathe voltasse da casa de Victor Platonovitch antes do anoitecer, seguindo um itinerário que evitasse o centro da cidade, onde pululavam os soldados alemães.

Agathe acabava de fazer dezesseis anos. Para festejar seu aniversário, o professor foi convidado a ir à rua das Areias. Tiraram a louça de antes da revolução, guardada numa mala onde fora cuidadosamente acomodada por Anna Nikiforovna, que já partira deste mundo. Na mala descobriu-se uma garrafa de *armagnac* envelhecido, um milagre. Agathe preparou uma carpa recheada, receita da avó, doces com papoula e inúmeros *zakus-*

kis. Liuvuchka, com os olhos cintilando, tocava árias ciganas. Tinha vestido o traje de palco e sapatos de verniz. Agathe propôs um brinde "a nossos *zeks*".

"*Zeks*? O que são *zeks*?", perguntou Liuvuchka ao se sentar à mesa.

"É uma abreviação, papai. Como URSS, como TCHEKA.* Significa as pessoas que estão longe. Hoje em dia se abrevia tudo."

"*Zek*! É uma palavra dura e seca, para as pessoas que estão longe. Sarah também seria um *zek*, já que está em Petrogrado?"

"Estamos pisando em ovos", Katia cochichou ao ouvido de Agathe.

Victor Platonovitch ajudou-as. Bebeu um copo de *armagnac*, mordeu um pepinilho e recitou:

> *Irei como um vagabundo aonde me foi dado*
> *Mais céu, e a clara angústia me acompanha*
> *Sobre as colinas ainda jovens de Voronej*
> *Longe daquelas mais humanas e mais claras da Toscana...*

"Mais, Victor Platonovitch, mais", Agathe bateu palmas. "É de Mandelstam, tia Katia."

"Li Mandelstam no passado, mas não me lembro desses versos, Toscana, Voronej..."

"Não foram publicados", diz Victor Platonovitch. "Tenho em casa toda uma fase de poemas que ele escreveu em Voronej. Em 1935, ele e a mulher estavam lá, exilados. Nadia os havia recopiado e me enviou... Nadiucha imagina que sou um cofre-forte... Conheci-a quando ela tinha vinte anos. Era minha assis-

---

* A TCHEKA, acrônimo de Comissão Extraordinária Pan-russa para a Repressão da Contra-revolução e da Sabotagem, foi o serviço secreto criado pelo novo regime instaurado com a Revolução Russa de 1917. (N. T.)

tente para um cenário que eu fazia no teatro de Mardjanov, aqui em Kiev. Foi em 1919, em plena guerra civil. Foi ali que encontrou Ossip. Já era um grande poeta...

> *Não, não verei a ilustre Fedra*
> *Num antigo teatro à italiana,*
> *Do alto da galeria enfumaçada,*
> *À luz das velas que escorrem.*
> *Indiferente aos atores extenuados*
> *Que recolhem os aplausos.*
> *E não escutarei o verso inclinado*
> *Sobre a rampa, alado de uma rima dupla:*
> *"Como esses vãos ornamentos, como esses véus*
> me pesam...".

Liuvuchka ficou de olhos baixos enquanto ouvia as palavras dessa outra música, mas conservou seu arco no ar. No final, pousou-o sobre o violino. Esta noite ele não terá crise, pensou Katia. Liuvuchka estava com uma aparência calma, quase alegre.

"Então, vamos beber pelos *zeks*", ele disse. "Vamos beber por todos os que estão longe..."

Desta vez todos renderam sua homenagem ao *armagnac*, até mesmo Liuvuchka.

"Os *zeks* estão longe, mas nós também, para eles, estamos longe", ele disse, puxando algumas cordas que respondiam como se repetissem: *zek, zek, zek*.

"O que você queria dizer com cofre-forte, Victor Platonovitch? Que a mulher de Mandelstam o considera dono de uma fortuna?", Katia perguntou.

"É simplesmente porque tenho boa memória, Ekaterina Lvovna, apesar de minhas sete décadas. Ela sabe disso. Sabe também que farei cópias desses poemas. E as fiz, e Agathe os recopia. Entendeu a lógica?"

"Perfeitamente", disse Katia.

"E depois, quem teria a idéia de vir meter o nariz na casa de um mau pintor de letreiros e outras artes aplicadas pouco invejáveis? Daí o cofre-forte."

Desde o retorno de Agathe, a casa voltara à vida. A porta que ligava o salão-cozinha, domicílio de Liuvuchka, ao quarto dos Vasserman, e que até então estava trancada, foi reaberta. O fogão, que já não servia para muita coisa desde que as refeições passaram a ser feitas junto com Liuvuchka, foi eliminado.

Depois de passar o dia com Victor Platonovitch, Agathe voltava com sua pasta de desenhos debaixo do braço. Ela teve a idéia de fazer o retrato de Liuvuchka. Às escondidas de seu professor, que dizia que o retrato era o apogeu da arte e que esse apogeu tinha sido atingido, definitivamente, no Egito, no início da era cristã: as imagens funerárias coptas. Mas a pintura das coisas inanimadas, essa era uma especialidade ainda na infância.

"É preciso aprender a olhar para as coisas, não para reproduzi-las, nem para superá-las. Nossa intenção é outra, Agathe. É preciso olhar para elas até que elas mesmas adquiram capacidade de ver e de olhar para trás!", dizia Victor Platonovitch.

Fazia anos que ele se debatia com moringas, garrafas, jarras, a tal ponto que seus modelos pareciam prestes a render a alma. Estantes inteiras desabavam sob os martírios de seu corpo-a-corpo com as aparências, num depósito sempre arejado; ao voltarem do mercado, para lá eram enviadas as saladas, os legumes.

"É preciso olhar para as coisas — ele sempre falava das coisas —, sim, até que enxerguem por si próprias. Nosso olhar está aí para lhes dizer o que pensam, forçá-las a se ver, a se espantar de que sejam isso. Pouco importa qual é o objeto. Uma velha caixa de pó dentifrício, um prego enferrujado..."

"Um prego enferrujado não me diz nada, não me dá emoção", diz Agathe.

"Quem está falando de emoção? É preciso trabalhar! E olhar. Olhar, em primeiro lugar e antes de mais nada. Olhar como esse prego vive no espaço, como sorve o ar, o que respira, o que o faz fibrar... A vibração é tudo, Agathe!"

E então sua aluna suspirava, para não dizer que simplesmente se desinteressava. O mundo pelo avesso: a coisa que se põe a olhar para você e que, nesse processo, vibra. Agathe o seguia melhor quando ele passava o lápis nos estudos que ela lhe mostrava, e riscava, acrescentava um traço, arejava com um leve toque de borracha. Ele murmurava: Está vindo, está vindo...

As opiniões que Victor Platonovitch expunha assim a Agathe talvez ajudassem, em primeiro lugar, a si mesmo. A presença da menina provocava a intuição passageira do que ele, sozinho, buscava na tela. Tão irremediavelmente sozinho. Uma centena de obras esperavam, de frente para a parede, guardadas num depósito. Não as mostrava a ninguém, nem mesmo a ela, ainda não.

Com Agathe, ainda estávamos na fase do retrato de Liuvuchka. No estágio dos esboços. Ela os mostrava de bom grado ao próprio modelo, e a Katia. O último carvão figurava Liuvuchka de perfil, debruçado, as mãos postas sobre o teclado. O corpo para trás, como que de passagem, ou como que em outro lugar, e as mãos, de traços vigorosos, muito presentes.

"Fico pensando", dizia Agathe enquanto olhava os desenhos no quarto dos Vasserman, "fico pensando se realmente temos de esconder dele o que está acontecendo. Os campos, as matanças, a guerra, a morte da esposa... Mentir assim, o tempo todo?"

Katia olhou assustada para Agathe:

"Você não sabe o que está dizendo! Quando voltei de Moscou, ele estava irrecuperável! Você não sabe o que significa um doente mental, doente de verdade! Sarah o confiara ao doutor Guertzman, amigo dela. Papai sequer a reconhecia, parecia um legume, uma sombra. Quando cheguei de Moscou e fui vê-lo no hospício da Mãe de Deus, provoquei nele o mesmo efeito que uma estátua."

"Qual é o nome da doença dele?"

"Ah, os nomes, sabe! Há tantos, cada um mais erudito e empolado que o outro. Esquizofrenia, eles dizem."

"É orgânico?"

"Orgânico, sim, já que se trata também da falta de uma substância cujo nome não conhecemos. E, creio, é hereditário."

"Mas agora ele está muito longe de ser um legume!"

"É verdade, Caniço! Ainda bem! Teve remissões, e até prolongadas. Talvez a idade não seja ruim para essa doença."

"E se eu contasse a ele o que aconteceu em Babi Yar?", pergunta Agathe. "Não assim, de chofre. Do meu jeito, como eu sinto..."

"E vocês irão juntos a Babi Yar, depositar flores?"

"É monstruoso o que você diz! Desumano!", gritou Agathe, num ímpeto de raiva que varreu de vez tudo o que estava sobre a mesa, candelabro de sete braços, quipá que Samuel usava no shabat e o último desenho a carvão de Liuvuchka.

"Desculpe, Agathe. Não sei de nada. Às vezes fico tão cansada, não sinto nada, não vejo nada..."

Katia saiu da sala, fechou devagarinho a porta. Para onde ir? Por que não até a margem do rio? Havia séculos que não passava ali. E no entanto é tão simples: você desce, desce, as árvores a acompanham, e no céu a lua. Uma margem arenosa lá embaixo. E o rio. Aqui, o Dniepre é largo. Inútil pensar no que Liuvuchka está fazendo, ele está tocando.

* * *

    Semanas depois da briga com Agathe, Katia teve uma visão. Ao fundo, o céu azul-claro, era domingo. Só podia ser o céu do norte. Ela viu grandes navios de guerra. Um cais. Ivan Ivanovitch avançava em sua direção. Ainda estava longe, mas se aproximava. Usava um boné militar com uma estrela vermelha. Não mudara. Era o mesmo rosto que ela avistara perto do cavalo na rua Mokhovaia. Tinha um ar preocupado, olhando para o céu. Katia avista um grupo de mulheres que lhe fazem sinal. Jovens. Trabalhadoras. Com casacos acolchoados, lenços, botas, pás na mão. Um tiro violento. Ela não ouve, ela vê. Vê o marido no chão. E eis que ele se levanta, vai tateando. Não tem nada. Katia acompanha seu olhar. E aí é horrível, ela vê através dos olhos dele. As mulheres morreram. Não há mais mulheres: só um rosto aqui e acolá. Mais longe, a mão de alguém, decepada, no chão. Uma fatia de pão dentro de um lenço. Um fragmento de perna, muito branco, também decepado. Um pedaço de casaco acolchoado, manchas de sangue.

    Katia vê tudo isso, e não é em sonho. Está em pé, varrendo a sala de consultas, num domingo. Corre para a rua. Pára perto da porta da cozinha, onde está o piano Bechstein, dá uma olhada. Liuvuchka faz a sesta. Respira calmamente. Seu rosto está sereno, ele mexe os lábios, sorri.

    Senhor, meu Deus, salva-nos, dá alguma coisa para cada um, e não me esquece. Há rosas no muro. Uma trepadeira de rosas, guirlandas de rosas vermelhas, aveludadas, perfumadas. Continuam ali, estão ali desde que ela era menina. Quando chega a hora, florescem, olham para as pessoas e até falam: Ivan está são e salvo. Foi libertado. Trabalha num hospital militar em Murmansk, o porto do mar Branco. Faz cirurgias...

A "perturbação", como Katia a chama, desta vez chegou como uma mensagem do marido, como portadora de notícias dele. Mas ela não gosta desses momentos. Meu Deus, como tem horror a esses estados! É como uma maldição. Todos aqueles anos que viveu ao lado de Ivan Ivanovitch isso nunca lhe acontecera. Nem uma só vez. E que encantamento, o convívio deles! Tudo era normal! Maravilhosamente normal, sim, era isso. E era isso que ela gostaria de reviver, pelo menos na lembrança. Mas a lembrança não a surpreendia, como essa visão há pouco. Na memória, jamais aquela cor, aquela presença, aquela intensidade, ainda que, depois, só lhe restasse o gosto de queimado na garganta e o vazio negro no peito. Senhor, meu Deus, murmura Katia, salva-nos, protege a vida de meu esposo, meu Ivan, meu sangue querido.

Alguém tocava o sino do outro lado da casa. Katia ouviu. Um paciente, pensou. Tirou o avental, passou as mãos no cabelo. Não, não era um paciente. Era Gustav Petrovitch Salomé, homeopata conhecido em toda a cidade. De origem alemã. Havia muitos alemães na região. Na Ucrânia e em todas as Rússias. Desde Pedro, o Grande, eles tinham chegado em colônias inteiras. Sabiam trabalhar, administrar, ensinar. Eram também bons comandantes de exército, ao lado dos czares. Eram chamados de *nemetz*, que é o mesmo que *nemoi*, "mudo", porque não sabiam falar russo. Mas afinal, durante três séculos, russos e alemães haviam se falado e se entendido. Contudo, a palavra que os designava de início permaneceu: *nemetz*.

"Como vai, Gustav Petrovitch?"

"Ah, você, Ekaterina Lvovna, sempre me surpreendendo. É a única alma da cidade ainda capaz de dizer essa barbaridade: 'como vai?'."

"Seu terno é muito bonito."

"Samuel Vasserman. O último que fez. Ele ficou feliz de receber essa encomenda."

"Sim, eu me lembro, ele me falou... Mas não vamos ficar aqui na entrada. Quer subir? Vamos tomar um chá. É de rosa silvestre."

"Excelente, a rosa silvestre. Ótima para a saúde."

"Também tem bolo de fubá. Agathe fez de manhã."

Subiram. Chegaram ao quarto onde Katia passava as noites. A cama com uma coberta rendada. Pela janela aberta viase, através das folhagens, as águas do Dniepre.

"É um encanto, aqui", disse Gustav Petrovitch, segurando a xícara de chá. "Você tem muitos livros. Dá para ver que são lidos."

"Leio muito atualmente, é verdade. Agathe fica ao lado de meu pai, à noite. Tenta fazer o retrato dele. E ele lhe ensina violino..."

"Como vai seu pai?"

"Muito bem, Gustav Petrovitch. Inesperadamente bem. Agora está fazendo a sesta. Agathe foi ao mercado com Victor Platonovitch."

"É abominável o que aconteceu com essas criaturas... Sarah, os Vasserman, tantos outros que conheci. Envergonho-me de ter sangue alemão."

"Deixe esse sangue em paz, por favor, Gustav Petrovitch. Também tenho sangue alemão. São coisas que nós não decidimos."

"Como faz para ser assim?"

"De que está falando?"

"Parece que não tem ódio, nem rancor. Nem sequer ressentimento."

"Mas quem lhe disse isso, Gustav Petrovitch? Eu tenho tudo isso, fique tranqüilo! Quando vieram buscar meu marido... mas, enfim, o que é que as palavras podem dizer do que vivi na época, do que eu vivo... Pobres palavras!"

"Somos mais pobres ainda."

"É engraçado o que você diz. Alguém já me disse isso, num outro mundo: as palavras são pobres, e nós somos mais pobres ainda... Diga isso de novo, Gustav Petrovitch."

"Eu poderia ser seu pai, Katia."

"Para isso você deveria ter tomado providências muito antes. Quando eu nasci, meu pai tinha vinte anos."

"De vez em quando você deve se sentir muito sozinha, não é, Katia?"

"Volta e meia eu simplesmente não me sinto: nem sozinha, nem de outro jeito."

"Eu também, sabe, acontece comigo exatamente a mesma coisa... A propósito, como vão as suas regras?"

"Acabei o tratamento que você me deu. Sinto-me um pouco como na puberdade, é engraçado. Ventre inchado, dores... Antes me sentia melhor."

"Não diga isso, Ekaterina Lvovna. É preciso que a vida continue. E essa magnífica coisa vermelha que sai do corpo da mulher é a própria manifestação da vida, é o seu triunfo..."

"Gustav Petrovitch, meu amigo, você não veio ver sua colega, vestido com sua roupa mais bonita, num domingo, para falar de ciclo menstrual. Deve ter outra coisa em vista."

"É verdade, Ekaterina Lvovna. É o seguinte. Vou lhe expor. Ontem recebi uma visita muito estranha. Um oficial alemão. Quarenta e oito anos. Fez também a guerra de 1914. Foi me ver por causa de uma erupção cutânea. Mas antes de conseguir falar da erupção, falou de você."

"De mim?"

"De você, Ekaterina Lvovna. Chama-se Bazinger. Capitão Karl Bazinger."

"E o que ele tem a ver comigo, Gustav Petrovitch? Você me deixa preocupada."

"Espere um pouco, está bem? Continuo. Karl Bazinger chegou a Kiev há três semanas. Suas atribuições, pelo que consegui entender, consistem em cuidar dos litígios que podem ocorrer entre o corpo da Wehrmacht e a população do país ocupado."

"Litígios? Você está zombando de mim, Gustav Petrovitch! Está falando sério? Os SS incendeiam, enforcam, massacram! E você me fala de litígios!"

"Ele não é um SS, Ekaterina Lvovna. Pelo que entendi, faz parte de um pequeno número de oficiais superiores ligados a um certo passado, a tradições no exército, e que não aceitam as atrocidades dos nazistas, dedicando-se a atenuá-las."

"Ele lhe disse isso?"

"Deu a entender. Falávamos em alemão. E agora, uma pergunta: o que aconteceu em Bielaia Tzerkov, há uns dez dias?"

"Há exatamente duas semanas. Uma jovem professora vem me ver. Pede-me que viaje com ela até Bielaia Tzerkov, pois tinha acontecido um incidente. Acompanho-a. Um subsolo, no centro da cidade. Creio que antes da guerra era o clube dos oficiais do Exército Vermelho. Dois guardas na entrada, milicianos ucranianos. No subsolo há crianças. Bebês de colo. Pequeninos!"

"Quantos?"

"Muitos... Sem água, sem comida, com moscas, uma sujeira inimaginável. Duas pobres mulheres trabalham no meio de tudo isso."

"O que aconteceu? O que essas crianças fazem ali?"

"Não sei. A professora me diz: 'Os pais foram fuzilados'."

"Judeus?"

"Quase todos, sim... Houve um mal-entendido, me diz a professora. As crianças também deviam ter sido mortas, mas um dos responsáveis não entendera direito."

"O que você fez?"

"Pegamos as crianças e as levamos... Éramos muitas, jovens, mais velhas."

"E os guardas?"

"Isso foi engraçado. Apresento-me à entrada e digo: 'Inspeção sanitária!'. O rapaz barra o meu caminho com o fuzil. E eis que aparece sua avó. Ela lhe dá duas bofetadas, pega os dois gaiatos, embriaga-os com aguardente e tranca-os a chave no chiqueiro. Assim, não tivemos problemas."

"E os alemães?"

"Estava esquecendo de lhe dizer que já era noite quando chegamos, eu e a professora, a Bielaia Tserkov. Os soldados comemoravam. Todo mundo se embriagando, bem ao lado, não viram nada... Mas me diga, Gustav Petrovitch, por que esse interrogatório? Que ligação com esse oficial, esse alemão, com a erisipela ou seja lá o que for que ele tem?"

"Pois é, ele veio me ver por causa de uma erupção cutânea, mas esse episódio de Bielaia Tserkov era, me disse, o primeiro 'litígio', desculpe, que precisava resolver. Ele leu o relatório do capelão do destacamento da Wehrmacht que se instalou em Bielaia Tserkov. O seu nome e o da professora figuravam como responsáveis pelo seqüestro das crianças... Eles enforcam pessoas por muito menos que isso."

"O capelão que escreveu esse relatório estava preocupado sobretudo, creio, com os problemas de higiene decorrentes da presença das crianças. O destino propriamente das crianças, o fato de que por um mal-entendido não tivessem sido mortas junto com os pais não o tocavam. Eles têm noção de higiene. Meu marido me disse um dia que os alemães levam essa noção tão longe que às vezes, entre eles, a higiene é mais importante que a moral. Ele conhecia a Alemanha; tinha estudado lá."

"O que você conta sobre as crianças de Bielaia Tserkov é pavoroso. Eu não sabia desses detalhes... O capitão Bazinger apenas me perguntou se eu conhecia uma médica chamada Zvesdny. Encarregou-me de dizer a ela, de dizer a você, que esse caso de Belaia Tserkov está arquivado. Não haverá represálias. Ninguém a inquietará, nem a você nem à professora."

"Sei, sei", diz lentamente Katia. "Obrigada, Gustav Petrovitch. Mas o que é que ele tinha exatamente, o seu capitão?"

"Uma espécie de enantema. Nunca vi isso, não nesse grau. Erupções no corpo todo. Escaras, carne viva. Coisa curiosa: nenhuma área visível — rosto, pescoço, mãos — foi atingida. O resto, dá pena olhar. Os médicos deles tentaram tudo. Nada deu certo. Ele pensou, como me disse, na homeopatia. Mas muito breve o capitão Bazinger será encaminhado para o Cáucaso, e você conhece o meu método. Os efeitos são lentos. Você, Ekaterina Lvovna, acha que pode fazer alguma coisa mais rapidamente?"

"Nunca tive um caso desse, Gustav Petrovitch... Não sei se conseguirei."

"Receba-o apenas, por favor."

"Quando?"

"Terça-feira. Previ as coisas para que tudo seja feito com total discrição. Ele virá aqui ao cair da tarde. De bicicleta. Vestido como qualquer um de nós. Ele fala russo."

Um mapa, desenhado à mão. Uma camisa, uma calça de algodão que qualquer um em Kiev poderia usar. Uma bicicleta de fabricação local, e o nome da médica. Deixar a bicicleta encostada na parede, à direita. Tocar o sino duas vezes. Pensando bem, isso tinha jeito de armadilha.

Caía a noite, Karl Bazinger andava de bicicleta, vestindo camisa xadrez e calça de algodão, na direção indicada. Uma ladeira margeada de tílias. Cheiravam forte, as tílias. A penugem das folhas ia pousar nos cabelos dele, dava coceira no nariz.

Karl sabia que, de acordo com o mapa, na seqüência de casas de madeira havia uma de número 33. Uma casa debruçada sobre o Dniepre.

Era mesmo a rua das Areias. Os números — 17, 18 — desfilavam. A ladeira fazia-o andar mais rápido, convinha frear um pouco. Ande mais devagar. Vai chegar muito depressa. É pertinho, bem ao lado. E eu que pensava numa longa viagem. Ninguém na rua, vivalma. O número 33 ia logo aparecer. Ei-lo. A fachada parecia morta. Tanta prudência numa cidade que nem sequer foi bombardeada. Talvez as janelas do outro lado da casa deixem entrever alguma luz.

Estaciono a bicicleta. Um pé de siringa, vejam, como na Saxônia. Uma placa: E. L. ZVESDNY, PEDIATRA. Um sino de cobre azinhavrado. Toco. Empurro a porta. Está aberta. No alto da escada, uma mulher em pé.

"Estava à sua espera."

Karl sobe a escada. Ela lhe indica um banquinho, convida-o a sentar. Ele se senta. E depois, mais nada. Karl se lembra apenas do instante em que levantou a camisa. Lembra-se também de que a mulher dizia palavras em russo. Esqueceu-as.

Karl vai embora. Pega a bicicleta. Tem a maior dificuldade para subir a ladeira. Não sente vontade de subir. Volta. Encosta a bicicleta na parede, debaixo do pé de siringa.

Dirige-se para o Dniepre. Anda na relva, entre os arbustos. Vai descendo, descendo. Se pelo menos pudesse descer sempre, nenhum esforço, nenhum mal-estar, nunca mais vestir o uniforme, nunca mais obedecer às ordens, ir, subir, ser apenas ele mesmo...

Apareceu o rio. Ali, era tão largo como o mar. Parecem margens de areia. A areia, como todas as areias, era clara, e sua luminosidade o guiava.

Karl chegou à água. Sentar na areia e ver o que acontece.

Sentou, tateou a pele. As escaras tinham endurecido, mas nada coçava.

Passaram-se os dias. As escaras tornaram-se cascas, que iam caindo. Pedacinhos, lasquinhas. Debaixo aparecia uma pele nova, delicada. Karl se movia como um sonâmbulo. Estudava os processos: corrente, urgente, secreto, *top-secret*. Assistia a reuniões, ia ao refeitório dos oficiais, e até trocava algumas palavras com eles. A metamorfose que vivia era não apenas na pele, mas também no ar dos pulmões, no sangue, nas secreções. À noite, dormia um sono muito profundo. Nessa cidade inimiga, nesse quarto do Hotel Palace, quartel-general da Wehrmacht, ele acordava espantado de não estar em casa. A água da pia era cor de ferrugem, escaldante. Impossível conseguir uma boa temperatura. Pouco importa. Ele se barbeava, lavava os pés, as mãos. Mas no resto do corpo não devia tocar. Como se o contato de sua nova pele com o sabonete e a água pudesse comprometer o que ele enfrentava. Nunca na vida se sentira tão protegido. Nem em sua infância, nem quando estava apaixonado.

Sim, pensando bem, uma vez conhecera algo que se aproximava disso. Quando, resgatado por Louis Deharme, sobrevoaram juntos, no quadrimotor, o deserto da Líbia. Mas me diga, você irá a Toulouse? Ver as fontes. As magnólias em flor. Um dia, sim, certamente, Karl irá a Toulouse. Verá as fontes de Louis, nadará um nado de peito no rio Garonne.

Era seu quinto dia de pele nova. Um domingo. Karl sabia o caminho de cor. Não precisava mais da bicicleta, a rua das Areias ficava pertinho, a apenas dois quilômetros.

Na praça ao lado do hotel, velhas com lenços branco-azulados vendiam flores: peônias, íris e rosas-chá. Karl comprou um ramalhete.

Verão de 1942. Uma noite tão quente, tão benéfica. Os raros postes desapareceram quando chegou a ladeira. Karl Bazinger descia a rua com uma lanterna de bolso numa das mãos — é que a noite era escura —, na outra as flores.

Os números se sucediam lentamente. No 33, as janelas estavam escancaradas. Um violino. Uma voz. A voz parecia vir direto do céu.

Karl tocou o sino, esperou. Ofegante, despenteada, ela surgiu no canto da casa. Assim, sem seu jaleco branco, parecia uma pessoa qualquer. Com um vestido de algodão florido. Pés descalços.

"É você? Vamos subir, por favor."

Um gato que tenta fugir, ela o põe para dentro e o repreende. Ainda o violino.

"Essa música, quem é?"

"Meu pai. É sua música pessoal... Ele compõe."

Pela primeira vez ele vê seu rosto. Cílios. Duas rugas, dos dois lados da boca, bem visíveis.

"Estava à sua espera. Aqui está o banquinho."

Como aquelas mãos eram quentes! O efeito do calor não é epidérmico. Envolve, penetra, age no fundo do corpo. Estranho. Karl sente cada um de seus órgãos — um por um — como se ela o pegasse, avaliasse, acariciasse, ninasse e depois o recolocasse no lugar.

"É, vai dar certo", ela disse.

"Kleïkie listiki, kleïkie listiki."

"O que você está dizendo, num russo tão bom?"

"'E as jovens folhas viscosas, e os caros túmulos, e o céu azul, e a mulher amada...'"

"Vamos dar um passeio, aceita?"

Ela vai pegar um pulôver no quarto ao lado, coloca-o sobre os ombros dele, e Karl, por sua vez, a observa enfiando os pés descalços em sandálias e dizendo:

"Lá embaixo, na margem, costuma estar fresco."

Karl Bazinger foi morto num campo de minas perto de Grózni, norte do Cáucaso, no dia 12 de setembro de 1942.

Post-scriptum

Nove meses exatos depois do passeio de Katia com Karl às margens do Dniepre, os gêmeos nasceram: uma menina e um menino, Daria e Savva. Gustav Petrovitch Salomé, homeopata, viúvo desde muitos anos, achou por bem atribuir-se a paternidade. Para ele, era como a confirmação de que estava na origem desse feliz acaso. O lar da rua das Areias agora abrigava uma família de verdade. Desnecessário dizer que Liuvuchka, Agathe e Gustav Petrovitch ajudaram, com todo o seu afeto, Katia a educar as crianças.

Em 1958, durante sua temporada em Moscou, Agathe encontrou um israelita que fugira da Polônia no momento da invasão alemã e havia passado a guerra no Cazaquistão, como muitos de seus compatriotas. Chamava-se David Wasserman. Wasserman era o sobrenome dos avós de Katia, que morreram em Babi Yar. Eles se casaram, conseguiram ir para a Polônia e de lá para a França: Paris. Agathe não parou de pintar. Nos anos 60, seu marido estava à frente de uma importante galeria de arte parisiense com ramificações em Genebra, Londres e Nova

York. Quando ele morreu — era muito mais velho que ela —, Agathe se matou com um tiro de espingarda.

Na libertação de Kiev, em novembro de 1943, Katia recebeu a visita de Guertzman, chefe dos *partisans*, agora oficial do Exército Vermelho. Era aquele mesmo dr. Guertzman que cuidara de seu pai às vésperas da guerra, no convento da Mãe de Deus. Ele tinha em seu poder um pacote de cartas que Katia enviara ao marido nos campos e uma fotografia dela de vestido florido, rindo. Havia manchas de sangue nessas relíquias. Ivan Ivanovitch Zvesdny foi, de fato, libertado, e em seguida nomeado médico da marinha, em Mursmansk. Morreu num bloco operatório, durante um bombardeio. A insígnia de condecoração póstuma — a Ordem da Estrela Vermelha — figurava entre os papéis.

Quanto a Katia, teve sua última "perturbação" no exato momento em que Karl pulava sobre uma mina perto de Grózni, no norte do Cáucaso, em setembro de 1942. Sentiu como um espasmo, mas não um espasmo de dor. Uma descarga ensolarada, libertadora. Sem ter de explicar nada a si mesma, a não ser a certeza indelével de que não estaria mais sozinha. Os pacientes continuaram a bater à porta de sua casa, na rua das Areias, até seu último suspiro, e mesmo depois. Katia morreu em 1987, aos oitenta e três anos. De ataque cardíaco, sem dor.

Savva tornou-se cineasta; Daria, pianista. Para os oitenta anos da mãe, eles foram de Moscou a Kiev. Estavam apenas os três, nesse jantar de aniversário, pois Liuvuchka e Gustav Petrovitch já haviam deixado este mundo. Katia revelou enfim aos gêmeos quem era o verdadeiro pai deles. Naturalmente, desde então saíram em busca de vestígios do pai. Mas essa é outra história.

No final dos anos 80, Loremarie, mulher de Karl, continuava viva na Saxônia, Alemanha Oriental, como se dizia então.

Werner, o filho de Karl e Loremarie que estava na aeronáutica, teve seu avião abatido perto de Stalingrado. Foi capturado e passou uns dez anos como prisioneiro de guerra dos soviéticos. Depois escolheu viver no Ocidente. O caçula, Peter, virou arqueólogo, sempre nessa Alemanha chamada então de Oriental.

No sótão da casa de Schansengof, Loremarie descobriu uma mina: cadernos que tinham pertencido a Karl, diários íntimos, notas de viagem. Eles foram publicados graças aos filhos, pouco depois da queda do Muro de Berlim.

Hans Bielenberg fazia parte da Orquestra Vermelha, uma rede de informações que funcionou ativamente durante a Segunda Guerra Mundial, no próprio coração do império nazista, cobrindo toda a Europa ocupada. Homens e mulheres de todas as idades, das nacionalidades mais diversas, de origens sociais e políticas variadas, eram movidos por uma única aspiração: a derrota da Alemanha nazista. Mais que uma rede de informações, a Orquestra Vermelha era um bastião da resistência, diríamos hoje, da resistência mais eficaz, que influenciou ativamente o desenrolar da guerra. Por exemplo, durante a batalha de Stalingrado, centenas de mensagens chegaram a Moscou avisando onde a Wehrmacht ia atacar e onde era mais vulnerável. E o estado-maior soviético pôde conduzir as operações tendo diante dos olhos os mapas do estado-maior inimigo. Quanto aos artesãos da resistência alemã propriamente dita, apesar de todas as suas motivações admiráveis, eles não conseguiram abreviar a guerra nem mesmo um dia. O general Von Stülpnagel, comandante-em-chefe das tropas de ocupação na França, que protegia Karl Bazinger em Paris, esteve implicado no *putsch* previsto para se seguir ao assassinato de Hitler, em 20 de julho de 1944. Infelizmente, tanto o *putsch* quanto o atentado fracassaram.

De fato, foi em 1942 que a Orquestra Vermelha conheceu seu maior revés. Às centenas, seus membros foram torturados, decapitados, fuzilados ou enforcados. Sabendo que estava prestes a ser descoberto, Hans Bielenberg organizou a fuga de Elisa para a Suíça com documentos falsos. O desastre de automóvel foi de fato um suicídio.

Pouco depois da guerra, Elisa se casou com Frantz, o primo distante cuja carta, dirigida a ela, Karl leu quando foi à casa dos Bielenberg para verificar se a jovem judia que Elisa escondia ainda estava lá. Um detalhe: depois da guerra, Hans Bielenberg, seu finado marido, era considerado um traidor na Alemanha Ocidental, e no outro lado do Muro de Berlim, um herói.

Toda esta história pertence ao campo da ficção, a não ser a existência da Orquestra Vermelha. O que não é fictício é a gratidão que gostaria de expressar a pessoas bem reais. São elas:

Laure Adler
Victor Anant
Liza Appignanesi
Beverly Berger
Annick Bérès
John Berger
Christian Bobin
Simon Mc Burney
David Cornwell
Michel Cournot
Valentin Guertzman
Pierre Guinchat
Vitold Lewandovski
Françoise Orsini
Gilles Perrault
Aline Roland
Michèle Rosier
Irène Roussel
Arundhati Roy
Chiki Sarkar
Ariella Seff
Tilda Swinton, o marido e os gêmeos
Natacha e Léonide Zavalniouk

ESTA OBRA FOI COMPOSTA EM ELECTRA PELO ACQUA ESTÚDIO E IMPRESSA
EM OFSETE PELA GRÁFICA BARTIRA SOBRE PAPEL PÓLEN BOLD DA SUZANO
PAPEL E CELULOSE PARA A EDITORA SCHWARCZ EM MARÇO DE 2007